あなたの番です

シナリオブック

上

企画・原案
秋元 康
脚本
福原充則

飛鳥新社

主な登場人物

キウンクエ蔵前

501室
佐野 豪(42)

502室
赤池美里(50)
吾朗(52)
幸子(78)

401室
木下あかね(38)

402室
榎本早苗(45)
正志(48)

403室
藤井淳史(43)

404室
江藤祐樹(23)

301室
尾野幹葉(25)

302室
手塚菜奈(49)
手塚翔太(34)

303室
空室

304室
北川澄香(42)
そら(5)

201室
浮田啓輔(55)
柿沼 遼(21)
妹尾あいり(21)

202室
黒島沙和(21)

203室
シンイー(22)
クオン(21)
イクバル(45)

204室
西村 淳(38)

101室
久住 譲(45)

102室
児嶋佳世(42)
俊明(45)

103室
田宮淳一郎(58)
君子(55)

104室
石崎洋子(35)
健二(39)
文代(9)
一男(6)

管理人
床島比呂志(60)

所轄刑事
神谷将人(26)
水城洋司(48)

謎の男
細川朝男(45)

看護師
桜木るり(25)

＊赤丸は交換殺人ゲーム参加者

302室

手塚《てづか》菜奈《なな》（49）

原田知世

スポーツウェアなどの在宅デザイナー。優しくてしっかり者の姉さん女房。インドア派でミステリー好きの読書家。

手塚《てづか》翔太《しょうた》（34）

田中 圭

スポーツジムのトレーナー。とにかく菜奈のことが大好きな犬コロ系夫。筋肉バカっぽいが、ミステリーが好きで独特の嗅覚を持っている。突っ走るとまわりが見えなくなるタイプ。

101室

久住《くずみ》 譲《ゆずる》（45）

袴田吉彦

独身。地味なサラリーマン。

102室

児嶋《こじま》佳世《かよ》（42）

片岡礼子

夫・俊明との関係が冷え切った寂しさから、マンション内の子どもに異常に執着し、トラブルになる。

児嶋《こじま》俊明《としあき》（45）

坪倉由幸（我が家）

地図会社勤務。異常に子どもを欲しがる妻に愛想をつかし別居中。会社の部下と不倫している。

103室

田《た》宮《みや》淳《じゅん》一郎《いちろう》(58)

生瀬勝久

早期退職した元エリート銀行員。真面目すぎるが故に融通がきかず、部下にも過剰な指導をしてしまった結果、早期退職に追い込まれる。

田《た》宮《みや》君《きみ》子《こ》(55)

長野里美

淳一郎の妻。不器用な夫を叱咤激励するしっかり者。

104室

石崎《いしざき》洋《よう》子《こ》(35)

三倉佳奈

主婦。2人の子供の母親。教育に熱心で常識人。

石崎《いしざき》健《けん》二《じ》(39)

林 泰文

区役所職員。堅実で真面目で計画的。

石崎《いしざき》文《ふみ》代《よ》(9)

田村海優

小学3年生。しっかり者の優しいお姉さん。

石崎《いしざき》一《かず》男《お》(6)

大野琉功

いつも姉について行動する小学1年生。甘えん坊で自由。

201室

浮《うき》田《た》啓輔《けいすけ》(55)

田中要次

暴力団の下っ端構成員。筋を通すタイプ。

柿沼《かきぬま》遼《りょう》(21)

中尾暢樹

浮田の子分。居候で、あいりの恋人。一見チャラいが、まっすぐでしっかり者。

妹《せ》尾《のお》あいり(21)

大友花恋

メンズエステで働いている。居候。浮田の娘のような存在。柄は悪いが心優しい。

202室

黒島《くろしま》沙《さ》和《わ》(21)

西野七瀬

理系の女子大生。いつも体のどこかをケガしている大人しい性格。ある時を境にケガもなくなり口数が増える。

203室

シンイー(22)

金澤美穂

中国人留学生。近所のブータン料理店でバイトしている。

クオン(21)

井阪郁巳

ベトナム人。左官見習い。故郷に仕送りしているが、不法滞在。シンイーの恋人。

イクバル(45)

バルビー

バングラデシュ人。SE。

204室

西村《にしむら》 淳《じゅん》(38)

和田聰宏

独身。小規模の外食チェーンを運営する会社の社長。

301室

尾《お》野《の》幹《みき》葉《は》(25)

奈緒

独身。有機野菜の宅配サービス会社に勤務。オーガニック大好き。なぜか翔太に強い執着心を持っており、待ち伏せ、プレゼントなどの攻撃を仕掛ける。

北川《きたがわ》澄《すみ》香《か》(42)

真飛 聖

シングルマザー。ラジオのパーソナリティ。仕事が忙しく、息子を放置しがち。

304室

北川《きたがわ》そら(5)

田中レイ

保育園児。忙しい母親にかまってもらえず、1人で遊んでいる。
本当はさみしいが、我慢する健気な男の子。

401室

木下《きのした》あかね(38)

山田真歩

独身。マンションの清掃係。住民のゴミを漁り動きを観察しているが、その目的は不明。

402室

榎本《えのもと》早苗《さなえ》(45)

木村多江

専業主婦。住民会会長。やや押しに弱いが明るい性格で、菜奈と仲良くなる。

榎本《えのもと》正志《まさし》(48)

阪田マサノブ

早苗の夫。警視庁すみだ署生活安全課の課長。出世競争まっただ中。

403室

藤井《ふじい》淳史《あつし》(43)

片桐 仁

独身。大学病院の整形外科の勤務医。結婚願望が強いがモテない。

404室

江藤《えとう》祐樹《ゆうき》(23)

小池亮介

独身。IT起業家でアプリを作っている。
なぜか502号室の幸子と仲がいい。

501室

佐野《さの》 豪《ごう》(42)

安藤政信

謎の男。常に外階段を使って大荷物を運んでいる。

床島《とこしま》比呂志《ひろし》(60)

竹中直人

マンションの管理人。図々しく空気が読めない。

赤池《あかいけ》美《み》里《さと》(50)

峯村リエ

周囲のイメージとは違い、姑の幸子とは仲が悪い。わがままな幸子の介護に疲れ果てている。

赤池《あかいけ》吾朗《ごろう》(52)

徳井 優

幸子の長男。商社勤務。美里と幸子の不仲を知りつつ、見て見ぬふりをする気の弱い夫。

赤池《あかいけ》幸子《さちこ》(78)

大方斐紗子

元々の地主。車椅子生活の介護老人。

神谷《かみや》将人《まさと》(26)

浅香航大

警視庁すみだ署の刑事。推理力、洞察力に優れているが、ドライで合理的。

水城《みずき》洋司《ようじ》(48)

皆川猿時

警視庁すみだ署の刑事。刑事のくせに極度の怖がり。全く仕事ができないように見えてたまに鋭いことを言う。

細川《ほそかわ》朝男《あさお》(45)

野間口 徹

菜奈が以前勤めていたデザイン会社の社長。

桜木《さくらぎ》るり(25)

筧 美和子

藤井が働く病院の整形外科の看護師。白衣の天使の可愛い見た目に反して、中身はドS。

あなたの番です
上

目次

あなたの番です

第1話

#1

1　とある空間

案内人（竹中直人）が何もない不思議な空間の中に立っている。

案内人「…あなたには、殺したい人はいますか？」

案内人「…誰だって周りに嫌いな人、殴ってしまいたい人、目の前から消えて欲しいなんて思う人は何人かいるでしょう。さらにその中に、いっそのこと死んでくれたらいいのに、できることなら殺したい、なんて人が、1人くらいはいるものです。例えば…」

案内人、合図すると背後に映像が出る。

×　×　×

［オフィス（合成映像 再現V[※1]）］

※1　VTR。録画映像

上司「…いや、お前のせいだろ。お前が作った資料に不備があったから、先方が怒ってんだろ？」

部下「…はい」

上司「なんだ？　今の間は。じゃあ俺のせいか？」

部下「違いますけど…。課長の指示で書いた箇所なので…」

上司　「だとしても間違ったら直せよ！　うちの部に指示待ち人間はいらねぇから。ってていうか、会社にいらねぇから。っていうか、社会全体としてもいらねぇからな！　もういいよ、お前、やめろ！　会社も人間もやめろ！　やめちまえよ！ハハハハ…」

部下、ＰＣを持ち上げ、上司の頭に振り下ろす。

部下　「おりゃぁぁぁ！」

上司、死ぬ。

×　×　×

元の空間に戻る。

案内人　「(口笛を吹いて拍手) すっきりしました。ただし、現実ではなかなかここまでできる人はいません。では、どうして誰もやらないのか？　殺人はよくないという倫理観から？　それとも道徳観？　正義感？　人としての理性が働くから？」

意味なく移動して、椅子に座る。

案内人　「一番、大きな理由は (カメラに近づき小声で)〝捕まりたくないから〟。……今、この国では、どんな人が、どんな人を殺しているのか、ご存じですか？」

案内人の背後に殺人事件に関するグラフが表示される。

案内人　「ご覧の通り、殺人事件の被害者の約9割が、知り合いによって殺されています。

つまり！　…もしもあなたが誰かに殺されるとしたら、90％の確率で、あなたの家族か、恋人か、友人か、職場の関係者に殺されます」

立ち上がり、椅子のまわりをグルッと一周しつつ、

案内人「例えば、今、一緒にテレビを見ている、あなたの横にいる、その人に殺されるんです。だから警察は被害者の交友関係を調べます。ということは…」

×　×　×

［オフィス（合成映像 再現Ｖ）］

上司「っていうか、社会全体としてもいらねぇからな！　もういいよ、お前、やめろ！　会社も人間もやめろ！　やめちまえよ！　ハハハハ…」

部下、ＰＣを持ち上げる。

部下「おりゃぁぁぁ！」

そのＰＣを突然現れた案内人が奪い取り、上司の頭に振り下ろす。

案内人「やぁぁぁ！」

上司、死ぬ。

×　×　×

案内人「今のこれ。部外者で、かつ動機のない私が疑われることは、ほぼありません」

案内人、元の位置に戻りながら、

案内人「…あなたにAという殺したい人がいるとして、Aとの交友関係さえなければ、殺しても捕まる可能性はゼロに近づくということです」

セットが暗くなり、スポットライトの中に立つ。

案内人「以上はあくまで、理論上の話。まさか、それを実践してしまう人達がいるなんて…。竹中直人でした」

タイトル

『あなたの番です』

2　キウンクエ蔵前・外観

隅田川からほど近い、中流向けマンション。

3　同・敷地内

敷地内の中庭と駐車場を兼ねたようなスペース。

引っ越し屋のトラックが止まっている。

翔太（声）「そっち、持ちました？」

バイト（声）「はい」

翔太（声）「じゃあ、倒しますよ。大丈夫ですか？」

バイト（声）「大丈夫です」

翔太（声）「よっしゃ、よっしゃ……！」

手塚翔太（34）が誰よりも薄着で引っ越し作業をしている。

翔太とバイトの若者、2人で冷蔵庫を抱えようと、

翔太「せーの！　さん！　はい！　よいしょ！」

バイト「すいません、やりづらいです、その掛け声」

翔太「どうします？」

バイト「どうしましょ…」

4　同・3階廊下〜302号室前

「3階です」エレベーターの音声案内。

翔太とバイト、エレベーターから降りる。

バイト「では、倒しまーす」
翔太「はーい。よっこいしょ、よっこいしょ、よっしゃ」
廊下を進む。
翔太「はい、曲がりまーす」
バイト「はい」
翔太「すいませんね。一番奥で」
バイト「いえいえ」

5　同・302号室

部屋の中では手塚菜奈（49）が、テキパキと指示を出している。
菜奈「それは本棚の前でお願いします」
バイト「これはどちらに？」
菜奈「これは寝室ですから、そこですね。お願いします。よし、これかな」
翔太「菜奈ちゃーん、冷蔵庫入りまーす」
菜奈「あとちょっと。頑張って」
翔太「…大丈夫！」

菜奈　と、テーブルの上に置いてあった四角いなにかを落とす。
「あっ……！　あ〜」
なにか、は大きなパズルで、バラバラと崩れる。
翔太「わぁっ！！！」
菜奈「ごめん！　ごめん……大丈夫！　あっという間に直す！」
翔太「直せるの?!」
菜奈「1年あれば、あっという間に直せる！」
翔太「……（一瞬唖然としつつ、苦笑い）」
菜奈「ごめーん」
とかなんとか言いつつ、冷蔵庫を設置していく。

6　同・敷地内（数十分後）

搬入が終わり、業者のトラックを見送る菜奈と翔太。
翔太「お疲れ様」
菜奈「まだまだこれからでしょ」
翔太「でも第一ステップクリア、の、ご褒美」

菜奈　と、〝ハグさせて〟という風に両手を広げる翔太。
「…（冗談交じりの冷たい視線）子供が見てるでしょ」
少し先を104号室の石崎家族が通りすぎていく。
石崎洋子（35）が会釈をするので、返す2人。
一瞬、不穏な映像演出が（以降、住人が登場するたびに行われる）。
洋子の夫、石崎健二（39）とともに、子供となにやら笑いながら去っていく。

洋子　「お腹すいた～」
健二　「ハハハ…」
菜奈、そんな幸せそうな光景を見て、
菜奈　「…思いきって買ってよかったね」
翔太　「うん。でも頭金全部、菜奈ちゃんに頼っちゃったけどね」
菜奈　「またそんな言い方。もう2人のお金でしょ？」
翔太　「はい。ねぇねぇ、お昼ごはんコンビニでもいい？　買ってくるよ」
菜奈　「え…一緒に行こうよ」
翔太　「いいから、休んでなさい」
そう言うと、つむじ風のように走っていく翔太。
だが、少し行ったところで急に立ち止まり、

翔太　「…コンビニってどこにあったっけ?」
菜奈　「えっ、わかんない」
翔太　「あれ?」
声　「大通りに出て、右にいくと、100mくらいでありますよ」
と、声がして振り返ると、202号室の黒島沙和(21)が、彼氏らしき男と2人で立っていた。
翔太　「あっ、ありがとうございます。あっちだった。ハハ…」
再び走り出す翔太。

7　同・302号室

菜奈　「あ…。あっ、そうだ」
菜奈、段ボールからなにかを取り出そうとしたところで、着信が。
見ると、翔太から『財布忘れちゃった』とメール。

8　同・3階外階段／駐車場

菜奈が財布を手に外階段に出ると、真下の駐車場から翔太が、

翔太「菜奈ちゃーん！　菜奈ちゃーんー、あっ、ごめん、投げて！」

菜奈「え？」

翔太「早く！」

菜奈「ちゃんと取ってよ？」

翔太「取る取る、取る」

菜奈「ほっ！」

財布を投げる菜奈。幸せそうな放物線を描いて財布は見事、翔太の手へ。

翔太「おっと！　取ったー！」

菜奈「わー、やったー！」

菜奈も思わずはしゃいでしまう。

翔太、大袈裟にガッツポーズをしたので、通りかかった502号室の赤池美里（50）・吾朗（52）・幸子（78）にぶつかりそうになる。

美里は車椅子に乗った幸子を押している。

菜奈「あ…」

美里「あぁ、危ない危ない…」

翔太「あっ、すいません」

美里「（柔和な笑顔で）いいえ、全然大丈夫ですよ」

笑顔で通り過ぎていく赤池家一同。と、翔太の携帯に着信。

菜奈から『あんな風に年を取りたい』とメール。

翔太、ベランダを見上げ、笑顔でうなずき、コンビニへ。

菜奈も、翔太の後ろ姿を笑顔で見ている。

菜奈（N）[※2]「最近私は寝不足です。遠足の前の晩の子供みたいに、明日のことを考えては、ワクワクして眠れないのです」

※2　ナレーション（以下、N）

9　同・302号室

菜奈、楽しそうに荷ほどきをする。

なにより先に2人のデート中の写真の入った写真立てを飾ったりして…、

菜奈（N）「しかも、ひとまわり以上、年の離れた夫が、私を楽しく振り回してくれるので、どうやらこの寝不足は、これからも、いつまでも、ずっとずっと、続いていくんだと思います」

1人で笑顔の菜奈。そこへ唐突に鳴るインターホン。

同時にドアを乱暴にノックする音。

菜奈「…？　はーい」

10　同・302号室・玄関前

菜奈がドアを開けると、床島比呂志（60）が立っていた。

床島「管理人の床島ですけど」

菜奈「どうも、よろしくお願いします」

床島「挨拶に来ないから、こっちから来ちゃいましたよ」

菜奈「…すいません」

床島「（真顔で）冗談冗談。じゃ、ちょっと失礼」

菜奈「え？」

床島、部屋に上がろうと靴を脱ぐ。妙な色の五本指ソックス。

床島、遠慮なくリビングへ。

菜奈「…」

11　同・302号室

菜奈「あの、なにか…?」
床島「え、現状の確認だよ。出る時に、敷金返す返さないのトラブルが多くてさ」
　　床島、部屋の中をスマホのカメラで撮り出す。
菜奈「すいません、この部屋、購入したんですけど」
床島「(カメラを向け)…天井に気色の悪い染み2つ、と」
菜奈「どこですか?」
床島「そこだよ」
菜奈「え?」
　　床島、空の本棚の写真を撮りながら、
床島「これ、本棚?」
菜奈「はい」
床島「転倒防止の金具使ってよ。危ねぇからさ」
菜奈「はい」
　　床島、目の前の段ボールを勝手に開け、写真を撮る。

床島　中にはミステリー本がぎっしり。
菜奈　「へぇー」
「あの…、ちょっと、…。閉めていいですか?」
床島、勝手に寝室へ。
床島　「新婚さんはセミダブルと…(写真を撮る)」
菜奈　「あのー。賃貸じゃないんですけど、必要なことですか?　これ」
床島　「え?　必要ないよ」
菜奈　「え…」
床島　「まぁ、いいや。ちょっとどいて」
リビングへ。
床島　「じゃあ、これ。これね、みなさんにあげてるものだから(と紙袋をまさぐる)」

12　同・302号室・玄関前

ドアに彫金で作った表札がぶらさがっている。

「SHOTA & NANA」の文字のまわりにペガサスやドラゴンが象《かたど》られた妙に大仰なデザイン。

菜奈とコンビニ袋を持った翔太が表札を見ている。

翔太「へぇー、くれたんだ？」

菜奈「…うん。その管理人さんの手作りらしいんだけど」

翔太「え？　手作り？　すごいね」

菜奈「なんか、越してきた人みんなにプレゼントしてるからって、勝手につけてっちゃったの」

翔太「へぇー、いいんじゃん」

菜奈「嘘でしょ（と言いながら表札を外す）」

翔太「ちょちょちょ…ちょっと、そんなすぐ取ったら失礼じゃない？」

菜奈、向かいの３０４号室のドアを見る。

菜奈「だってお向かいさんもつけてないし」

翔太「でもでも、ほらほら…ほら。この人使ってるよ」

菜奈「え？」

３０１号室のドアに同じ表札で「ＭＩＫＩＨＡ」の文字。

その向かいの３０３号室には何もかかっていない。

翔太「どんな人なんだろね。…」

菜奈「…」

菜奈と翔太、顔を見合わせて…。

13　同・301号室前

菜奈と翔太が、引っ越し挨拶用の洋菓子屋の紙袋を片手に301号室のインターホンを押す。

尾野（声）「はーい？」

翔太「あの、隣に引っ越してきた手塚と申します」

尾野（声）「あっ、はーい」

菜奈と翔太、イタズラ顔で見合う。どんな人物なのか興味津々なのだ。

と、ドアを開けて、尾野幹葉（25）が現れる。

尾野、ドアは開けたが、チェーンはかけたまま。

翔太「あ…、どうも」

尾野「あっ、尾野です。よろしくお願いします」

翔太「お願いします」

菜奈「（尾野の視線に気付き）あっ、あの、これ、もしよかったら」

菜奈、仕方なくドアの隙間から紙袋を渡す。

尾野　「ありがとうございます（と言うがチェーンは開けない）」

菜奈　「…では」

翔太　「あっ、では…」

尾野　「ご姉弟ですか？」

翔太　「あっ、いや…夫婦です」

尾野　「あぁ…なるほど」

菜奈・翔太　「…」

尾野、なぜか急にチェーンをはずし、ドアを広く開けるが、菜奈の方は見ない。

尾野　「（翔太に）あの、この後、住民会の会合があるんですよ、その時に私からみなさんにご紹介しますね」

翔太　「住民会？」

尾野　「（翔太に）部屋ごとに代表者1人で大丈夫です。毎月1回。月一でやるほどのことじゃないんですけどね。フフフ…」

菜奈　「…（無視されているようで戸惑う）」

尾野　「じゃあのちほど」

翔太　「はい」

尾野　「（菜奈に）閉めまーす」

尾野、やや強引にドアを閉める。

菜奈・翔太「…（「なんか変だね」と目で会話している）」

と、後ろを人が通り過ぎ、３０４号室へと歩いていく。「挨拶しちゃおう」と目配せして近寄っていく２人。

14　同・３０４号室前

３０４号室の北川そら（５）と児嶋佳世（42）がドア前に立っている。
そらが鍵を開けているところだ。
菜奈「すいません、向かいに越してきた手塚と申しますが」
そら「（ぺこりと頭を下げて）こんにちは」
菜奈・翔太「こんにちは」
佳世「…（小さく会釈）」
菜奈「…（翔太に目で合図）」
翔太「あっ、引っ越しのご挨拶に」
と、佳世に紙袋を渡そうとするが、
佳世「あの、私、違うんです。１０２の児嶋と申します」

翔太　「あぁ…」
佳世　「そら君、じゃあね」
そら　「はーい」
佳世、会釈をして去っていく。
翔太　「あ…じゃあ君に」
そら　「ありがとうございます（と丁寧に頭を下げる）」
翔太　「いい子だなぁ！　向かいだからよろしくね」
そら　「うん」
と、菜奈、ふと視線を感じる。佳世がこちらを見ていた。
何も言わずにエレベーターの方へ向かう佳世。
菜奈　「…」

15　同・303号室前

菜奈と翔太、インターホンを押しながら、
翔太　「さっきのさ、1階の人にも渡した方がよかったかなぁ」
菜奈　「あぁ、ちょっと気まずかったね」

翔太「うん」
菜奈「どこまで挨拶した方がいいのか迷っちゃうね」
翔太「うん。（もう一回押すがチャイムが鳴っていない）…壊れてんのかな？鳴ってる？」
と、上の階から階段を使って降りてきた501号室の佐野豪（42）が、
佐野「そこ、空き部屋っす」
と声をかけてくる。佐野、妙に大きな鞄《かばん》を持っている。
菜奈「あ…ありがとうございます」
佐野「…」
佐野、菜奈の返事を待たずに、下へ降りていった。
菜奈・翔太「…」

16　同・302号室

菜奈、部屋に戻ってくるなりソファーに寝転ぶ。
菜奈「あー、なんか気疲れしたぁ」
翔太「うそ、疲れないよ。知り合いが増えるの、嬉しいじゃん」

菜奈　「うらやましいよ、そのメンタル」
翔太　「それより、お気付きになりましたか？　名探偵菜奈ちゃん」
　翔太、ない顎ひげを撫でる仕草。
菜奈　「やめて、その言い方」
翔太　「さっき会った人の中で、なにか違和感を覚えた人いるでしょ」
菜奈　「うーん。みんな、ちょっとずつ違和感あったよ」
翔太　「真面目に！」
菜奈　「えっ、いつものアレをやるの？」
翔太　「（構わず続けて）オランウータンタイム、スタート！」
菜奈　「もーう…、疲れてるんだけどなぁ」
翔太　「ほらほら、さっきの人達で、一番変だったのは？」
菜奈　「…えっとね…最後に会った人？」
翔太　「そう！　どこが変だった？」

×　　×　　×

［回想　＃[※3]1　S[※4]15］
佐野　「そこ、空き部屋っす」
菜奈（声）「やたら大きな鞄」

※3　シャープ（以下＃）。ドラマの放送回数。「第1話」なら「＃1」
※4　シーン（以下S）

菜奈「…じゃなくて、」
翔太「おっ！」
菜奈「（思い出しながら）…足元」

× × ×

［回想＃1 S15］
佐野「そこ、空き部屋っす」
話しかけてくる佐野の靴がよく見ると長靴である。

× × ×

菜奈「晴れてるのに長靴だった」
翔太「そう、俺も気付いた。なんでだと思う？」
菜奈「うーんとね…。あっ、っていうかこんなことより住民会！」
翔太「いいよ、出なくて」
菜奈「ダメだよ、最初が肝心だよ」
翔太「でも荷ほどきもしないと、ほら」
菜奈「私、行こうか？　代表者1名って言ってたし」
翔太「じゃあ…。よしっ、ジャンケンする？」

翔太、不思議なポーズで何を出すか決めようとする。

翔太「行くよ、せーの…。最初はグー！　ジャンケン、ポイ！」

突然、スローになり、意味あり気に描写されるジャンケン。あいこが続き、2人は次第にテンションが上がり、笑い合う。

菜奈（N）「気の合う私達のジャンケンは、いつもあいこばかりで嬉しくなる」

ようやく、勝負がつき、翔太が勝った…。

17　同・地下会議スペース

住人達が集まり、ワイワイとした雰囲気の中、菜奈が遠慮がちに座っている。

出席者は101久住譲（45）、104洋子、201浮田啓輔（55）、202黒島、203シンイー（22）、301尾野、304北川澄香（42）、402榎本早苗（45）、403藤井淳史（43）、502美里、そして管理人・床島。

いくつかのグループに分かれて雑談している。

澄香は輪からはずれて、1人、ノートPCでなにやら仕事をしている。

菜奈は洋子と久住と会話している。

菜奈「夫はスポーツジムでトレーナーをやってるんですけど。私は在宅でデザインを…」

久住　「へぇー、デザイナーさんですか」

洋子　「じゃあファッションショーとか？」

菜奈　「あっ、デザイナーといっても、スポーツ用品が主なのでショーとかはあんまり…」

と、別のグループから声がかかる。

藤井　「誰がデザイナーなんですか？」

洋子　「あぁ、こちらの…」

菜奈　「手塚です。よろしくお願いします」

洋子　「旦那様はスポーツジムでトレーナーされてるって」

藤井　「じゃ、共働きってことですね」

一同　「…（急に黙って品定めするように見る。世帯収入を想像しているのだ）」

菜奈　「…（なんとなく察して居心地が悪い）」

美里　「あの方、旦那さんだったんですか。私てっきり弟さんだと…」

菜奈　「あぁ、はい」

尾野　「すごい年の差ありますよね？」

菜奈　「私が15、上なんですけど」

床島　「ちなみにお子さんはいません。ペットいないかも確認済みなんで」

菜奈　「…（敷金の件だけじゃなかったのかと嫌な気持ちに）」
一同　「…（そこはかとなく白けた目線を床島に送る）」
藤井　「それ評判悪いですよぉ、引っ越し初日の管理人チェック」
床島　「だってさぁ、子供がいない夫婦、猫飼いがちだからさぁ」
澄香　「（PCの手を止めて）なんですか、その偏見」
床島　「（スルーして）ちなみに、3780万でしたっけ？」
菜奈　「え？」
床島　「おたくの部屋、部屋！　何度も広告出てたんで、みんな知ってますよ、なっ」
一同　「…（それぞれ曖昧なリアクション）」
菜奈　「…」
美里　「それにしても、随分お安くなりましたねー」
浮田　「まっ、事故物件だしな」
菜奈　「えっ」
早苗　「（菜奈に）冗談ですよ。ちょっと、浮田さん…」
菜奈　「…」
浮田　「冗談」
久住　「毎年古くなって、古くなった分安くなるわけですよ」

洋子　「でも、私も〝四千万切っちゃうの？〟って思ってました」
美里　「資産が減ってるのと同じことですもんねぇ」
洋子　「そうなんですよ」
　　一同、暗い表情。
菜奈　「…（菜奈が悪いのではないが居心地が悪い）」

18　同・1階エントランス

　　404号室の江藤祐樹（23）が電話をしている。
江藤　「っていうか、そんなにバグ出てるって、なんのためのアップデートだったんだよ」
　　と、103号室の田宮淳一郎（58）が、早足でやってくる。
淳一郎　「住民会、始まりますよ！」
江藤　「（電話を外し）あ、俺ちょっと今日パスで。あぁごめん、ごめん…。で、なにが原因なの？」
　　淳一郎、ムッとしつつ会議スペースへ。

19　同・地下会議スペース

淳一郎、慌てて入ってくる。

淳一郎「遅れました。申し訳ありません」
洋子「まだ3分前ですから」
淳一郎「5分前集合に2分遅れてしまいました。面目ない」
洋子「いえいえ…」

一同、淳一郎の真面目ぶりに呆れつつ席につく。

淳一郎「(早苗に) 会長、はじめてください」
早苗「あっ、はい。出席13名、欠席5名でよろしいですかね。えー、それでは今月の住民会を始めさせていただきます」
一同「よろしくお願いします」

早苗が、慣れない手つきでノートを見ながら、

早苗「えっと…。えー…。今年度の当番ですが、前回、清掃係だけ決まらないまま残っています。立候補してくださる方、いらっしゃいますか?」
一同「…」

浮田「…それさぁ、管理人の仕事じゃねえの?」

床島「(カチンときて)…いや…、管理費の値上げに反対した人がいるんですよ!だから交換条件で、ゴミ捨て場の清掃はみなさんでって。それは前回、多数決で」

浮田「(面倒臭い)あぁ、はいはい」

床島「はいはいって、多数決でってことで…」

淳一郎「(制して)床島さん、床島さん…。ちょっと声を抑えましょうか」

床島「田宮さんねぇ」

淳一郎「床島さん! 管理費の適正な額というのは、私も判断しかねますので、是非を問うつもりはありません。ただし、己が生活する場所を己が清めるという行為は生活の基本だと思います。日々、お仕事で奔走されてる方もいらっしゃると思うんですけど、ゴミ捨て場の清掃ぐらいは我々でやりませんか?」

床島「うん、その通り」

場の空気が悪くなるが、シンイーが、

シンイー「あのぉ」

早苗「なんですか?」

シンイー「田宮君の、言葉が少ーし難しかったです。何て言いましたか?」

洋子「シンイーちゃん、年上の方には〝君〟じゃなくて、〝さん〟付けで呼んだ方がいいからね」

シンイー「ふーん、そうかー。すまんすまん」

洋子「その謝り方も…、まぁまぁ、いっかー」

一同、和んで笑う。

20 同・302号室

翔太が段ボールの中から本を取り出し、バーベルのように上下させてから、本棚に並べている。荷ほどきと筋トレを同時にしているようだ。

本はどれもミステリーだ。

21 同・地下会議スペース

清掃係について投票で決めることになったようで、開票作業が行われている。

投票用紙は早苗がノートを定規で切って作ったもの。

その脇に煎餅の缶を代用した投票箱。床島が票を読み上げる。

ホワイトボードに、401木下7票、103田宮1票、302手塚4票と書かれている。

早苗　「では、清掃係は401号室の木下さんで決定しました」

淳一郎　「異議なし！」

洋子　「あの…、木下さん、今日、来られてないですけど、大丈夫なんですかね？」

久住　「確かに」

床島　「文句あるなら、来てない人に票を入れた7人に言ってくださいよ」

洋子　「私は入れてませんから」

床島　「じゃあ田宮さんか手塚さんに入れたわけだ」

洋子　「え…」

淳一郎　「私は自分に入れました」

菜奈と洋子、目が合う。

菜奈・洋子　「…（気まずい）」

浮田　「いいんじゃないの。もともとゴミの分別とかうるさいじゃん。木下さんは、清掃係になって喜ぶかもよ」

一同　「（薄い笑い）」

久住　「まぁ、ゴミ袋勝手に開けてチェックしているような気も…」

浮田　「だろう？　ほら」

一同　「（言葉にはしないが同意の苦笑い）」
床島　「つまり木下さんに押しつけるってことでいいですね？」
一同　「（それぞれ床島への嫌悪が表情によぎる）」
藤井　「なんだよ、今の言い方！」
床島　「なんだ、てめぇ、えっ？」
早苗　「あっ、あの、あの…！　決定したんで、もう終わりにしましょう。ねっ…」
床島　「お疲れさまでしたー」
一同　「お疲れさまでした」
菜奈、帰れるんだと、少し気を緩めるが、
床島　「では、恒例の歓談タイムとまいりますかぁ。手塚さん、手塚さん。住民同士のね、交流を図るためにやってるんですよ。ぜひ参加を」
菜奈　「あっ、えっと…」
床島　「えっとじゃねえんだよ。じゃあ集金係とおやつ係の方、よろしくお願いしますよー」
黒島が集金袋を持ってお金を集め出し、一同、一斉に財布を出す。
澄香　「私、仕事があるんで…」
澄香、立ち上がろうとするが、

床島　「まぁまぁ北川さん。たまには残っていきましょうよ。手塚さんもあなたとお話ししたいって言ってんだからねっ？」
澄香　「…はい…（不満げ）」
床島　「みなさーん、北川さんも参加してくださいますよー」
一同　「おー」
おやつ係の洋子と美里が皿にお菓子を出している。
と、菜奈のところへ黒島がまわってきた。
黒島　「…お願いします」
菜奈　「これって、なんですか？」
黒島　「あっ、お菓子代をみなさんからカンパ制でいただいてます」
菜奈　「大体いくらくらいを？」
黒島　「（小声になって）カンパなのでいくらでもいいんですけど、千円以上入れないと、後で、なんか、ちょっと、言われたりします」
菜奈、まわりを見ると、洋子や床島、藤井、美里などがチラチラと入金額を覗《うかが》っている。
早苗　「ちょっと…見過ぎ、見過ぎ！」
菜奈　「…なるほど（とポケットを探るが財布がない）。あっ…」

黒島　「（すぐに察して）貸しましょうか？」
菜奈　「すいません、後で返しますんで。何号室ですか？」
黒島　「今度で大丈夫です」
菜奈　「すいません」
菜奈、黒島の襟元から、少し湿布が見えているのが目に入る。
菜奈　「…」
黒島　「じゃあ、手塚さんの分」
黒島、そう言って、袋に千円札を入れて去っていく。
住人達はそれぞれ歓談を始める。
美里が、紙皿に載せたお菓子を持ってやってきて、
美里　「食べちゃってくださいね。余っても困るんで」
菜奈　「ありがとうございます」
美里　「お菓子係の赤池美里です。５０２です」
菜奈　「よろしくお願いします。手塚です」
美里　「（耳打ちするように）…私ね」
菜奈　「はい」
美里　「一度、聞いたことは、ちゃんと覚えられるんです」

菜奈　「えっ？」
美里　「ですから、お名前。先ほどお聞きしたから、何回も言わなくても大丈夫ですよ
（優しい微笑み）」
菜奈　「はい」
床島　「新入りさんよぉ」
菜奈　「はい」
床島　「あんた、私のこと殺したい？」
菜奈　「え？」
藤井　「ちょっと、ちょっと…」
床島　「（藤井に）お前が言ったんだろ！」
藤井　「ハァ…」
淳一郎　「どうしたんですか？」
床島　「いや、こいつがさぁ、ここにいる住人はみんな俺のことを嫌ってるって言うんだよ。出会って3分で殺意を覚えたってさ」
藤井　「最初だけですよ。今は別に」
床島　「だから新入りさんに聞いてんだよ！」
藤井　「うっせえな、もう…」

床島　「ねえ。さっき会った時、私のことを殺したいと思った？」
菜奈　「そんなぁ…」
洋子　「思うわけないじゃないですか」
床島　「いいんだよ別に。だって人間なんてさぁ、あいつのこと殺してぇとか死んで欲しいとか思う瞬間、あるだろ？」
洋子　「ないですよ、そんなこと」
床島　「普通あるよ。（一同に）あるよねぇ？」
一同　「（曖昧なリアクション）」
洋子　「ほら、ないじゃないですか」
床島　「いや、今のはあるって反応でしょ！」
淳一郎、人狼ゲームのカードを切りながら、
淳一郎　「どちらにしても、ちょっと話題変えませんか」
床島　「田宮さんね。私はね、きれいごと言うやつ大っ嫌いなんですよ。絶対みんなあるって！」
浮田　「死なくていいけど、いなくなって欲しいぐらいなら、あるよ」
床島　「どっちも同じ意味じゃねえかよ。なに言ってんだよ。おい藤井、あんたなんか特にそうだろ？」

藤井「…〝特にそう〟の意味がわかりませんが。…私、中学生の頃、いじめられてたんですよ」
久住「その、いじめっこに死んで欲しい?」
藤井「いじめっこだけじゃなくて、見て見ぬふりした奴ら全員、この世から消えて欲しいですね」
尾野「こわぁーい」
美里「私、働いてた時にいつもセクハラしてくる上司がいて、とにかくその人には死んで欲しいなと思っていました。一回死んで、生き返って、もう一回死んで欲しいなーと思ってました。アハハ…」
床島「なにも赤池さんなんかにセクハラしなくてもねぇ」
澄香「そういうのもセクハラですよ」
床島「えっ、なんだって?」
美里「(笑って流して)美人さんには気後れしてなにもできずに、私みたいなのにするんですよ」
床島「(ニヤニヤと)なるほどね」
澄香「…(冷たい目で床島を見ている)」
浮田「あっ、俺、あれがダメ。秋になっても風鈴、片付けない人。チリンチリンうるせぇんだよ。なぁ？（美里に）」

美里　「…（それとなく無視）」

尾野　「確かに。風の強い日とかに一日中鳴ってると、頭おかしくなってくる時ありますね」

早苗　「でも、そんなことで殺しちゃうんですか？」

浮田　「捕まらないなら殺したいけど、捕まるでしょ？」

菜奈　「警察って…」

一同、新入りの菜奈の言葉に注目。

菜奈　「あ…警察って、まず被害者の知り合いで、殺しにつながる動機がある人間がいないかを調べるんです。だから、ささいなことでも動機があれば、結局捕まると思います」

一同　「ふーん」

美里　「詳しいんですね」

22　同・302号室

本棚にミステリー本がびっしり並んでいる。

菜奈（声）「夫婦でミステリーが好きなんです」

翔太は荷ほどきに疲れて、漫画『名探偵コナン』を読んでいる。

23　同・地下会議スペース

久住「逆に動機がなければバレづらいんですか？」

早苗「動機もないのに殺さないでくださいよ」

久住「いや例えば、僕が殺し屋に、会長さんの殺害を依頼したとして、でも殺し屋と会長さん知り合いじゃないわけで」

菜奈「バレづらいと思います」

淳一郎「殺し屋なんてどこにいるんですか」

と、人狼ゲームのカードを配り出す。

シンイー「いても高そーう」

床島「俺、やるよ。金になるなら」

久住「いくらならやります？」

床島「一千万」

久住「一千万？」

一同　「（口々に）高いよ／安いでしょ／別の話しましょう」
藤井　「あっ、じゃあ」
床島　「えっ、一千万払えんの？」
藤井　「払えますけど」
浮田　「さすがお医者さまは違うね」
藤井　「払えますけど、払いませんよ」
床島　「じゃあなんだよ」
藤井　「それより、僕の嫌いなヤツを殺してくださいよ。代わりに、管理人さんの殺したい人を殺しますから」
洋子　「なんなんですか？　それ」
久住　「いや、でも、そうすればバレづらいのか…」
藤井　「そう！〝被害者の知り合いで、かつ動機がある〟って条件を避けるなら、お互いの殺したい人を交換し合うことでバレづらくなる。でしょ？」
浮田　「交換殺人な」
久住　「あー、でも僕、殺したい人知り合いじゃないいんですよね」
藤井　「じゃあ自分で殺せちゃうのか、いいなぁ」
早苗　「ハハハ…。なんか話がどんどん怖くなってますけど」

藤井「だから例えばの話ですよ」
美里「でも、どんな人なのか知りたくなっちゃいました」
浮田「確かに」
久住「手塚さんが殺したい人を教えてくれたら、教えてもいいですよ」
菜奈「えっ、私ですか？」
藤井「わかる。殺したい人いなさそうだからこそ聞いてみたい」
洋子「なんか虫も殺さなそう」
一同「(同意の) あぁ」
菜奈「さすがに虫は殺しますけど」
尾野「虫を殺すのが好きなんですね？」
菜奈「好きではありません」
シンイー「主食はマカロンですか？」
菜奈「違います」
美里「まぁでも、みなさんのそれぞれ聞いてみたいですけどね」
床島「よし！　ではみんなで発表し合いますかぁ」
早苗「嫌ですよ。なんのために…」
澄香「…（うんざりとした様子)」

床島「だって正直、人狼ゲームにも飽きてるでしょ」
美里「確かに…。私、毎回市民ですぐに処刑されます。（カードを見せて）ほら、また市民」
淳一郎「…（ひそかに傷つく）」
久住「じゃあ、例えば、さっきの投票用紙に書いて、誰が書いたかわからないように見せ合うんだったらいいですか？」
澄香「なんでそこまでして…」
浮田「みんなに見せるのはなぁ。誰か1人にだけ、こっそりとなら」
久住「わかりました、こういうのどうでしょう？　えー、さっき使ったこれ。これにそれぞれ殺したい人の名前を…」
久住、くじのように引いて、1人にだけ見せる案を話し出す。
一同、肯定でも否定でもない態度で聞いている。
菜奈、一同を見回して、
菜奈（N）「…参加しないと陰でなにか言われるのかも。そんなことを私以外の人も気にしているように見えました」

24　同・３０２号室

だいぶ片付いた部屋で翔太が妙な体操をしている。

翔太「１・２・３・４・５」

翔太、壁にかけた時計を気にしながら、

翔太「１・２・３・４・５」

25　同・地下会議スペース

久住が順番に、投票の際と同じ紙を配っている。一同、殺したい人間の名前を書いている。菜奈も受け取り、ペンを持つが本当に書くべきなのか迷っている。

菜奈「…」

洋子「やっぱり、やめませんか？」

床島「(面倒臭そうに) ハハハ…ただのゲームだよ。それともあれか？　本気で殺してぇヤツがいるのか？」

洋子「…（ムッとして床島を睨《にら》み、書き始める）」

それぞれ持参の特徴のないボールペンを使っているが、管理人はエンピツ。黒島はフリクション。淳一郎は万年筆。澄香はステッドラーの芯ホルダー（一見、ボールペンに見える）。美里はシャープペンだが、淳一郎からボールペンを借りる。

美里「すいません。ボールペン貸していただけますか」

淳一郎「あぁ、はい」

美里「ありがとうございます」

菜奈、誰を書いていいかわからなくて手が止まる。

が、カリカリという音がして顔を上げると、住人達が意外にもどんどん名前を書き込んでいた。

菜奈「…」

その様子に菜奈は少々、背筋が寒くなる。

そしてなぜか淳一郎と目が合う。

淳一郎「…」

慌てて、顔を下げる菜奈。

そして誰かの名前を思いついたのか、書き出す。

菜奈「…」

一度書いて消して書き直した床島、小さな字で書く浮田、まったくペンが動いていない尾野、書いた後、紙を三角に折る淳一郎…。

×　×　×

3分後。

床島「みなさん、書き終わったら、この缶に入れてください」

一同、煎餅缶の中へ入れていく。

久住がラジカセの置いてある棚の下からCDを選びつつ、

久住「じゃあ、さっき言ったように、クリスマス会でプレゼント交換した時の要領でいきます」

床島「OK」

久住、「はい」とひと言声をかけ再生ボタンを押す。「ああ　もみの木」が流れ、久住は洋子にどうぞと引くようにうながし、一同は曲に合わせて、順番に缶から紙を取り、隣の人へと回していく。

一同、リズムを取って、楽しそう。

床島「はい、残りものには福があるってな」

最後に、ラジカセを操作していた久住に缶が渡され、

久住「ありがとうございます」

と最後の一枚を引いた。

久住　「他の人に見せたらダメですよ。じゃあ…、オープン！」

菜奈　「…」

菜奈、（三角に折られた）紙をそっと開いた。

同時に、紙を開いた際のそれぞれの表情。

菜奈（N）「遊びとはいえ、誰かが、殺したいと思って書いた文字を、私は、初めて見ました」

開いてから、驚き、目を細めてみた黒島。

苦い表情の藤井。

固まってしまった床島。

じっと見つめたままの澄香。

疑心暗鬼の表情の洋子。

なぜかムッとする浮田。

紙を開いて、名前を見た瞬間、閉じた美里。

険しい表情の久住。

少し驚いた表情のシンイー。

不安そうに見る早苗。

真顔で見つめる淳一郎。

開くところは見せず、紙をしまうところだけ映る尾野。

　　菜奈の紙には、達筆の平仮名で【こうのたかふみ】と書かれている。

菜奈(N)「この人は、今、自分が誰かから殺したいと思われているなんて、きっと、知らないままだろう」

菜奈「…」

26 同・302号室（夕）

　　菜奈が部屋に戻ってくる。
翔太「おかえり」
菜奈「ただいま。うあー、片付いてる！　ありがと！」
翔太「いいえ。どうだった？」
菜奈「ん？（手を組みつつ）あっ、とくに何事もなく…うん」
翔太「ふーん、そっか。ご苦労様でした」
菜奈「いえいえ」
翔太「じゃあさ、これ出すのは、また今度？」
　　と婚姻届を出す。
菜奈「…あっ、うん」

翔太　「〝あっ、うん〟って軽いよ」
菜奈　「ごめんごめん」
翔太　「引っ越し先で提出したい、って言ったの菜奈ちゃんだよ?」
菜奈　「…うん」
翔太　「まさか、年の差のこと、まだ気にしてる?」
菜奈　「え? (他の理由なので曖昧に) うーん…」
翔太　「15歳差なんて、よくある話だよ」
菜奈　「よくあるは言い過ぎでしょ」
翔太　「みんなにだってさ、ちゃんと夫婦ですって言いたいしさ。ほら今、ちょっと嘘ついてる感じになっちゃってるから」
菜奈　「…少し、怖いよ。少しだけ」
翔太　「ん?」
菜奈　「すごく傍にいるって感じてるのね、翔太君の存在を。出会った時よりも、どんどん近くに感じてて。でも埋まらないじゃない、年の差だけは。これからもずーっと、15年分、埋まらない事実があるっていうのが、なんか怖い」
翔太　「もーう。なんで怖いのよ」
菜奈　「わかんない、うーん、怖いんじゃなくて、少しさびしいのかもしれない」

翔太「…」
菜奈「これから15年翔太君が生きて、成長もして、価値観も変わって、今の私と同じ年ぐらいになった時、まだ私のこと好きなのかなって」
翔太「それは、俺だって同じ不安があるよ。菜奈ちゃんだって変わるんだから」
菜奈「私はもう今さら、変わらないよ」
翔太「そんなことないでしょうよ」
菜奈「…ごめん、こんな話。……わぁ、ほら、ねえ夕陽。すごいよ。ねぇ、ちょっと外、出よ出よ」
菜奈、ベランダに出て行く。
翔太「…」
翔太、複雑な表情で菜奈の背中を見ていたが、ベランダへ。

27　同・302号室・ベランダ

すっかり夕暮れである。
菜奈「(綺麗な夕陽を見て)うん、買ってよかった」
翔太「今日、2回目」

菜奈「(笑う）フフ…」

2人、しばし夕陽を見て、

翔太「さっきの話だけどさ」

菜奈「ん？」

翔太「…俺、成長したいよ。もっとしっかりしたいもん。だから、成長するし変わっていく。で、菜奈ちゃんもまだまだ成長するし変わると思う。…でも、お互い、変わって、今と違う人間になったとしても、それでまた好きになるよ。大丈夫だよ。何回も変わって、変わったお互いのことをいいなって思って、何回でも恋に落ちようよ」

菜奈「…うん」

翔太「だから不安になんかならないで、ちゃんと婚姻届出そう」

菜奈「…（うなずくだけで、言葉にするのは避けた）」

2人、よりそって景色を眺めていた。

翔太「それとさ…」

菜奈「なに？」

翔太「…夕飯、何食べる？」

菜奈「（甘い言葉を言われると思ったので、思わず吹き出し）アハハ…なんか作るね！

翔太　ウフフ」
「ん？」

28　同・302号室

菜奈が冷蔵庫の中を覗いている。
菜奈「…そっか材料買ってこないとだ」
翔太「あぁ、俺も行くよ」
と言いながら、妙な筋肉体操をする翔太。
菜奈「いいよ。お昼行ってくれたし。内腹斜筋、鍛えてて」
翔太「おっ、覚えてきたね」
菜奈、出かけようとして、
菜奈「あれ？　私コートどこ置いたかな？」
翔太「あっ、コートね。多分…」
菜奈「あっち？」
翔太「いや、あれ？　ちょっと待ってて」
菜奈「置いたっけ？」

翔太「あー、いいよ…」
菜奈、引っ越しで出たゴミ袋を抱えて、改めて出て行く。

29　同・共同ゴミ置き場

菜奈がゴミ捨て場にやってくる。
と、異様にボロボロになったぬいぐるみが捨てられている。
菜奈「えっ」
不気味に思いつつも、立ち去る菜奈。

30　とある路上

買い物へ向かう菜奈。
と、偶然、早苗に会う。
早苗「あっ…」
菜奈「あぁ、どうも」

×　　×　　×

菜奈と早苗が並んで歩いている。

菜奈「…たしか管理人さんが言ってましたね」

早苗「そう」

菜奈「でも気にしてませんよ？」

早苗「それならいいけど。私も越してきた時言われちゃって。〝子供いないと猫飼いがち〟」

菜奈「あぁ…（「お子さんいないんですか？」とは聞きづらい）」

早苗「（察して明るく）あっ、うちも、夫婦2人なんで」

菜奈「そうなんですね」

早苗「まぁ、管理人さんもねぇ、考えて喋ってないと思うけど」

菜奈「えぇ」

早苗「だからこそ、そんな言葉にいちいち傷ついていられないやって思って」

菜奈「…（肯定的な沈黙）」

早苗「私、誰かにひどい言葉を一回言われるたびに、自分は誰かに優しい言葉を二回かけようと思ってて。それで世の中の優しさの量を、まぁ…少しずつ増やそうって計画を実行中なんです」

菜奈「…（同意の沈黙）」

早苗　「あ…変かな？」

菜奈　「いえ、すごく素敵な考えだと思います」

早苗　「ありがと」

2人、静かに心を通わせる。

×　　×　　×

四つ角にて、早苗がなにやら道順を説明している。

早苗　「そこを真っすぐ行ったらスーパーがあるから」

菜奈　「じゃあ、2つ目を左ですね、わかりました」

早苗　「困ったことあったらなんでも聞いて。まぁ、一応、会長なんで」

菜奈　「ありがとうございます」

早苗　「そういえば下のお名前って…」

菜奈　「あ、菜奈です」

早苗　「菜奈さんね。私のことは早苗ちゃんでいいから」

菜奈　「いやいや、早苗〝さん〟で」

早苗　「（笑って軽い調子で）あっ、じゃ、今後ともよろしくですぅ」

菜奈　「はい、失礼します」

早苗　「失礼します」

早苗、頭を下げて、角を曲がって行った。
菜奈は、そのまま真っすぐ道沿いに歩いてくる。
通行人が早苗とすれ違う。
と、エキストラかと思った通行人が、振り返って早苗の背中を見ている。

通行人「…」

男は早苗に興味があるのかと思いきや、菜奈が進んだ道の方へと去っていく。
通行人は、後に細川朝男（45）という名前だとわかる。

31　近所のスーパー

菜奈がスーパーで買い物をしている。
その菜奈を、物陰からじっと見守っている先ほどの通行人、朝男。不気味である。

32　キウンクエ蔵前・集合ポスト（夜）

401号室の木下あかね（38）が集合ポスト脇の掲示板をじっと見ている。そこには【定例住民会決定事項　清掃係　401号室木下さん　よろしくお願いします】の貼り紙。

木下「…（不満気）」

木下、貼り紙の画鋲を抜いては刺す、を繰り返す。

と、その脇を、夜なのに薄いサングラスをかけた久住が、顎にかけたマスクを引き上げながら、出かけていく。

すれ違うように２０４号室の西村淳（38）がやってくる。

ポストを確認している西村。手にはコンビニ袋。

木下「これ…」

西村「えっ？」

木下「どういうことですか？」

西村「（貼り紙を見て）あぁ…。あの私、今月は住民会、欠席したので…」

西村、鍵をチャラチャラと回しながら、去っていく。

33　同・管理人室前

明かりのついた管理人室前で、漏れ明かりを頼りに、そらが遊んでいる。

そら、管理人室の中の物音に気付き、中を覗こうとする。

そら　「…」
と、２０１号室の妹尾あいり（21）と柿沼遼（21）がやってきて、
妹尾　「そら君、ママは？」
柿沼　「いつもの仕事だろ」
妹尾　「でも、さっき見かけたよ」
そら　「またお仕事に行っちゃった」
妹尾　「（母がいない境遇から同情して）そう…」
柿沼　「もう暗いから、お部屋戻りな」
そら　「はい」
そら、エレベーターの方へと走っていく。

34　同・1階エレベーター前

そらがエレベーター前に来ると、車椅子が倒れている。ゆっくりと回転する車椅子の車輪。しかし、あたりに幸子や美里の気配はない。

そら　「…」

そら、気味が悪くなって、階段へ向かう。

35　同・外階段

そら、2段飛びで階段を駆け上がっていく。

上からシンイーが、クオン（21）と4人のマスク姿の男、イクバル（45）と共にガヤガヤと騒がしく降りてくる。

一同、そらに気付いた瞬間、一斉に黙り、無言のまますれ違っていく。

そら、ドアを開けようとして、物音に気付き、下を覗き込む。

マンションの駐車場が見える。

36　同・駐車場

早苗が車庫入れの練習をしている。車の脇に立った榎本正志（48）が、運転席の早苗に、

正志「そうそう…そう。そっからの逆…違うって！　逆だって！　わかんない？」
早苗「逆ってどっち？　右とか左とかで言ってよ…えっ？」
正志「反対だよ！　ほら」
早苗「反対」

正志「危ない！　後ろ、ちゃんと見てて、危ない！」
早苗「えっ、反対！」
後部座席には大きな犬のぬいぐるみが置いてある。

37　同・外階段

そら、すぐに関心を失って、扉から建物の中へ。
閉める時に、鉄扉が軋《きし》む、嫌な音が長く続く…。

38　同・302号室（夜）

菜奈と翔太が夕飯を食べ終わったところだ。
翔太「ごちそうさまでした、おいしかった」
菜奈「ありがと」
翔太「ねぇ、っていうか足りた？　無理してさ糖質制限付き合ってくれなくていいよ？」
菜奈「別に無理してないよ」

翔太　「ホントに？」
　翔太、2人分の食器を持って、キッチンへ。
翔太　「俺はさトレーナーとして信頼されるための体型維持なんだから」
菜奈　「私は単純にダイエット」
翔太　「そっか。（満足気に）うわー、うぅ…（と寝転ぶ）」
菜奈　「食べてすぐ寝たら太っちゃうんじゃない？」
翔太　「…（ソファの下になにかを見つける）」
菜奈　「（返事がないので）どうした？」
翔太　「（拾い上げて）…鍵？」
菜奈　「あっ、何の鍵？」
翔太　「えっ、俺のじゃないよ」
菜奈　「管理人さんのかな？　さっき家の中まで入ってきたから」
翔太　「あぁ、じゃあさ、俺渡してくるよ」
菜奈　「今？」
翔太　「うん。ほら俺、会ってないし。挨拶がてら」

39　同・管理人室前

管理人室から男が出てくる。
顔は映らないが、服装とチャラチャラ鍵を回す仕草から、西村のようだ。

40　同・1階エントランス～管理人室前

翔太が管理人室へと近づいていく。
翔太「…（チャラチャラという音がかすかに聞こえ、振り返るが、誰もいない）」
管理人室前まで来て、ノックするが応答はない。
翔太「すいません、302号室の手塚ですけれども」
ドアに手をかけると開いた。
翔太、ゆっくりドアを開け、そっと中を覗き込む。
翔太「…いらっしゃいませんか?」
中には誰もいなかった（隅にかわいいシュシュ）。

41　同・302号室

翔太が部屋に戻ってきている。

翔太「いなかった、帰っちゃったのかなっ」

菜奈、引っ越しの手引き等の冊子を掲げ、

菜奈「一応、連絡先はわかったけど、明日でいいかな」

翔太「でも困ってんじゃない?」

菜奈「あぁ…管理人室の鍵かな?」

2人、リビングでそのまま話す。

2人の奥には部屋の窓。カーテンは閉まっている。

翔太「ドアが開いてたから閉めてこようと思ったんだけど、どっちとも、合わなかった」

菜奈「じゃあ自宅の鍵か…、でも、これ車かバイクの鍵かな?」

翔太「どっちにしても、電話してあげようよ」

菜奈「うん」

翔太、冊子に書かれた電話番号に電話する。

翔太「あっ最初、菜奈ちゃん話す?」

菜奈「ううん」

電話から呼び出し音が聞こえる。

翔太「え?」

菜奈「なんか、私ちょっと、苦手な感じだったから」

翔太「なにそれ」

菜奈「うーん。うまく言えないんだけど、他の住人さんも困ってる感じだったってい
うか、…ちょっと正直、嫌われてた」

翔太「ふーん、…出ない」

菜奈、音が携帯以外の場所からも聞こえていることに気付く。

菜奈「…?」

翔太「…ん、なんか聞こえない?」

菜奈「うん」

明らかに呼び出し音ではなく着信音が聞こえる。

翔太「…えっ、携帯も忘れてったのかな?」

菜奈「うそぉ…」

2人、部屋の中を見回す。そして、

菜奈「…外?」

2人、その言葉で窓の外へ目をやる。外から音がする疑問と妙な胸騒ぎで、ゆっくりと窓に近づく2人。菜奈、怖くなって翔太の腕を掴む。翔太、思い切ってカーテンを開ける。窓の外にはなぜか床島が逆さまにぶらさがっていた。

菜奈・翔太「…!?」

驚く2人。

翔太「えっ？　えっ？　ちょちょっ…。あっ…開かない！　ええっ…」

目をつぶっていた床島、カッと見開き、

床島「うわぁ…。うわぁぁぁぁぁぁぁぁぁぁぁぁぁぁぁぁ！」

翔太・菜奈「うわぁぁぁぁぁぁぁぁぁぁぁぁぁぁ！」

次の瞬間、床島、下へと落ちていく…（引っかかっていたのがはずれた）。

慌ててベランダに出て、下を覗き込む菜奈と翔太。

床島が変な形に曲がって死んでいる…。

42　同・集合ポスト

掲示板に【管理人さん】と書かれた紙が貼ってある。

【#2へ続く】

あなたの番です

第2話

#2

1　前回の振り返り

［回想＃1 S6］

菜奈　「思いきって買ってよかったね」

×　×　×

［回想＃1 S19］

菜奈（N）「そのマンションに引っ越した初日、参加した住民会で…」

住民会が始まる。

×　×　×

［回想＃1 S21］

床島　「あんた、私のこと殺したい？」

菜奈　「え？」

菜奈（N）「こんな一言から始まった会話が…」

床島　「人間なんてさぁ、あいつのこと殺してぇとか死んで欲しいとか思う瞬間、あるだろ？」

浮田　「捕まらないなら殺したいけど、捕まるでしょ？」

菜奈　「警察って、まず被害者の知り合いで、殺しにつながる動機がある人間がいないかを調べるんです」

×　×　×

［回想＃1 S23］

久住　「逆に動機がなければバレづらいんですか？」

菜奈　「バレづらいと思います」

藤井　「あ、じゃあ、お互いの殺したい人を交換し合うことでバレづらくなる」

浮田　「交換殺人な」

床島　「ではみんなで発表し合いますかぁ」

菜奈(N)「……いつのまにか、それぞれの殺したい人を教え合うなんていうゲームに発展してしまいました」

×　×　×

［回想＃1 S25］

一同が殺したい人間の名前を書いている。

×　×　×

一同が缶を回して、紙を1枚ずつ引いていく。

×　×　×

久住　「他の人に見せたらダメですよ。…じゃあ、オープン！」
　　　菜奈、紙をそっと開いた。一同が紙を見ている様子。
　　　菜奈の紙には【こうのたかふみ】と書かれている。
菜奈(N)「軽い冗談のつもりでしたが、その晩…」

×　　　×　　　×

[回想＃1 S41]
　　　窓の外に床島が逆さまにぶらさがっていた。
菜奈・翔太「…!?…」
床島　「うわぁ…。うあぁぁぁぁぁぁぁぁぁぁぁぁぁぁぁぁ！」
翔太・菜奈「うわぁぁぁぁぁぁぁぁぁぁぁぁぁぁ！」
　　　次の瞬間、床島、下へと落ちていく…。

×　　　×　　　×

2　キウンクエ蔵前・102号室・テラス前（夜）
　　　警察が現場検証をしている。
　　　刑事の神谷将人（26）と警官が、佳世から話を聞いている。

神谷　「…じゃあ、突然落ちてきたんですね」
佳世　「はい、最初は人だと思ってなくて、外に出て見てびっくりしたんです」
神谷　「ちなみにその時旦那さんは、どちらに？」
佳世　「（一瞬口ごもるが）…仕事で出張中です」
と、神谷、水城洋司（48）の姿を見つけ、その場を警官に任せると目で合図を送り、水城のところへ。
神谷　「水城さん」
水城　「（シートのかかった床島を指し）死んでる？」
神谷　「確認します？」
水城　「バカ、怖いよ。お前が確認したなら、もういいよ」
神谷　「でも…」
水城　「屋上見たか？」
神谷　「はい。特に争った形跡がないんで自殺ですかねぇ」
水城　「だとして、どこに落ちたっていいのに、この部屋の前に落ちてきたことに意味があるのかないのか……」
神谷　「なるほど。水城さんも、屋上、行ってみます？」
水城　「だから怖いよ」

警官「神谷さん」
神谷「(振り向いて) なに?」
と、声をかけた警官の脇に、正志が立っている。
正志「(妙にニヤニヤと) お疲れ」

3　同・外観 (翌朝)

朝日に照らされるマンション。

4　同・302号室

菜奈が暗い顔でコーヒーを飲んでいる。
菜奈「…」
出勤の準備を整えた翔太が、
翔太「…俺、やっぱり今日、休もうか?」
菜奈「え?」
翔太「1人じゃ、心細いでしょ」

と、インターホンが鳴る。

菜奈・翔太「…？」

5　同・302号室・玄関前

早苗が来ている。菜奈と翔太が応対。

早苗「余計なお世話かと思ったんだけど、引っ越し初日にこんなことが起きて、不安がってるんじゃないかと思って」

菜奈「不安は不安ですけど、でも大丈夫です」

早苗「まぁ、住民会の会長っていっても、持ち回りでやってるだけだから、なーんの頼りにならないと思うけど…」

菜奈「いや、そんな、ホントにありがとうございます」

早苗「…ちなみに、自殺、ですよね？」

菜奈「…」

翔太「え、他殺の可能性もあるんですか？」

早苗「あっ、いや、なんだか警察がいっぱい来てたから…」

翔太「確かに！　万が一、他殺だとすると、これは…」

菜奈、交換会のことは翔太に知られたくない（朝男のことがバレる可能性があるため）。

菜奈　「ねぇねぇ。（手を組み）遅刻しちゃうんじゃない？」

翔太　「でも…」

菜奈　「早苗さん来てくれてるし。私はほんと大丈夫だから」

翔太　「うん…、じゃぁ行ってきます」

菜奈　「はい行ってらっしゃーい」

翔太　「（早苗に）ありがとうございます」

早苗　「行ってらっしゃい」

翔太　「行ってきまーす」

翔太、出ていく。

菜奈と早苗、2人になって、

早苗　「菜奈さん、お仕事、大丈夫なの？」

菜奈　「私、家で仕事してるんですよ」

早苗　「そう、…（何か言いたげ）」

菜奈　「知ってる人が亡くなるってショック、ですよね。しかも自殺とか…」

早苗　「そう。自殺。うん。自殺はショック」

6　同・集合ポスト

翔太がポスト前を通って、出勤していく。

ポスト前の掲示板には【ルールはちゃんと守りましょう】という貼り紙。

その脇に【管理人さん】の紙が貼ってある。

が、翔太は気付かず、素通りしていく。

7　同・403号室・藤井の部屋

藤井が乾燥機付き洗濯機から洗濯物を取り出し、干し始める。全て同じ色の下着とシャツで、異様。

テレビで朝のワイドショー。

コメンテーターとして、タレント医師・山際祐太郎（43）が映っている。

司会者「つらい時期が続きそうですね。Dr.山際、何か画期的な治療法は出てこないですか？」

山際「まぁ、医者の僕が言うのもなんですけど花粉症ってのはもう対症療法しかないですからね。例えば…」
テレビ内テロップ【Dr.山際】
藤井、テレビを消し、

藤井「行ってきます」
誰もいない部屋に、声をかけて出ていく。

8 同・管理人室前

藤井、駐車場に向かう途中で、管理人室前を通る。
管理人室の前に西村が立っているのを見かける。

西村「…」
西村、藤井に気が付くと、会釈をして去っていく。
藤井、軽く会釈を返して、駐車場へ。

9 同・302号室・菜奈の書斎

菜奈が仕事していると、翔太からメールの着信が。

菜奈『次の住民会はオレが出ようかな』
「…」
と、次々、メールが来る。
『なんか会長さんと仲良くなってて羨ましいから』
『菜奈ちゃんだけ馴染んでてずるーい!!』
菜奈、いったん携帯を置いて、悩む。
が、再び携帯を手にして、メールを打ち始める。

10　スポーツジム・バックヤード～フロア

翔太が、仕事開始を控えて軽いストレッチをしている。
と、翔太の携帯に菜奈からメールの着信が。
『人狼ゲームして仲良くなったの』
『別にしたくないでしょ？　笑　次も私が出るよ～』
翔太、返信しようとするが、受付担当が現れ、
受付担当「手塚さん、会員さん見えてます」
翔太「すみません、すぐ行きます！」

翔太、携帯を置いて、ジムのフロアへ出ていく。

翔太「おはようございます！」

会員達「おはようございます」

翔太「じゃあ、みなさん、今日も張り切って筋肉と友達になりましょうー！」

会員達「はい」

11　キウンクエ蔵前・３０２号室・菜奈の書斎

菜奈、メールで嘘をついたことに罪悪感。

菜奈「…」

それでもＰＣで仕事を始める。画面にはウィンドブレーカーの配色パターンがいくつか。

12　同・集合ポスト

掲示板に【管理人さん】の紙がまだ貼られている。

と、何者か（シンイー）が現れ、紙を取っていく…。

タイトル
『あなたの番です』

13　藤井の病院・診察室

大きな病院。藤井が診察室にて診察している。
その脇に看護師・桜木るり(25)。

藤井「(患者に) じゃあ次は1週間後に」
患者「はい」
藤井「お大事に」
桜木「お大事に」
出て行く患者を見送る桜木。
藤井、桜木のお尻をじっと見ている。
藤井「(ボソっと) … 〝schlecken〟」

桜木　「藤井先生」
藤井　「（偉そうに）なに」
桜木　「ドイツ語でセクハラすればバレないと思ってます？」
藤井　「（激高して）…はぁ!?　なぁにがぁ!?」
桜木　「そんなふうだからいつまでも結婚できないんですよ」
藤井　「おっ、今の君の発言の方がハラスメントだね」
桜木　「先生もテレビにお出になったら、少しはモテるんじゃないんですか？　最近人気の〝Dr.山際〟みたいに」
藤井　「…俺と山際祐太郎を一緒にするな！」
桜木　「フルネーム知ってるって、ファンかよ」
藤井　「ファンなわけあるか！　ハァっ！」

14　キウンクエ蔵前・駐車場

早苗が駐車場にやって来て、車に乗り込む。
後部座席には大きな犬のぬいぐるみ。

早苗　「…」

早苗、車庫入れの練習を始める。ゆっくりとバックで移動する車。と、突然、バックミラーに浮田が現れる。

早苗「…!?」

早苗、慌てて車を止める。

浮田「ピーピーピーピーうるせぇよ、毎日」

早苗「すいません、あの…、車庫入れの練習してて」

浮田「運転下手なくせに俺よりいい車乗るんじゃねぇよ!」

浮田、そう言い残して去っていく。

早苗、ハーっと息をつき、ハンドルに突っ伏す。

15　床島のアパート

古びたアパートの下で水城が2階を覗《うかが》っている。

2階の部屋のドアが開き、神谷が出てくる。

神谷「水城さん、発見しましたよ」

水城「おっ、遺書でもあったか?」

神谷「いえ、それが…」

神谷、ビニール袋に入った書類を手に階段を下りてくる。

水城「おい！　塩まいてから近づいて来いよぉ！」

神谷「(無視して書類を手渡しながら）病院の診断書です」

書類、ビリビリに破かれている。

水城「…あぁ？（破けているのでよく読めない)」

神谷「脳腫瘍だったみたいですね」

水城「…ヤケになっての自殺ってとこか」

16　キウンクエ蔵前・302号室（夜）

翔太が帰宅して、2人で夕食を食べている。

翔太「…そういえばさ、管理人さんのことだけどさ」

菜奈「やめようよ、その話」

翔太「いや、あれ、自殺じゃないと思う」

菜奈「(ドキッとするが）…やめようって…」

翔太「でもさ、こんな身近で殺人事件が起きることなんて、なかなかないことだからさ。推理のしがいがあるなって思って」

菜奈　「不謹慎だよ」
翔太　「えーっ真犯人、野放しにして何もしない方が不謹慎だよ。真実を追究すべきだと思います」
菜奈　「警察は自殺って言ってるんだよ？　それが真実です」
翔太　「真実はいつだってオランウータンだよ。わかるでしょ？」
菜奈　「…わかるけど…」
翔太　「…ということで聞いてください、名探偵」
菜奈　「その呼び方やめて」
翔太　「僕、ほぼほぼ答えがわかっちゃいました」
菜奈　「（スープが）冷めるよ」
翔太、一口で飲みきって、
翔太　「真犯人は３０１号室の尾野さんです！」
菜奈　「…隣の？」
翔太　「さっきね、全部の部屋確認してきたんだけど」

×　　×　　×

［回想　各部屋のドア前］
尾野の部屋のドアの手作り表札と、他の部屋のドア。

翔太（声）「管理人さん自慢の手作り表札を、ちゃんと使っているの３０１の尾野さんだけなんだよ」

×　　×　　×

翔太「だから、恋愛関係にあったとか？　痴情のもつれってやつだよね。ごちそうさまでした」

翔太、食器をキッチンに運び、キッチンカウンターに転がっていたダーツを手に取ると、

翔太「どう思う？　この推理」

菜奈「うーん」

と言って、的をめがけて投げる。

ダーツは見事に真ん中に突き刺さる。

翔太「ブルだよ、ブル。そう思わない？」

菜奈「…さぁ」

翔太「不安？」

菜奈「ん？」

翔太「でも、悪いことが起きた分、いいこと絶対起きるんだから。大丈夫」

菜奈「うん」

17　同・301号室・尾野の部屋

尾野が宅配チラシを手に寿司屋に電話している。

尾野「…ええ、チラシの。…ええ、こちら、アレルギー食品の表記がないのですが、その点はどうお考えですか？　…はい、…いえ、店長さんを呼ぶ必要ないです。貴方自身のお考えを聞きたいんです」

尾野、電話しつつチラシに赤マジックで×をつける。
と、インターホンが鳴る。

尾野「…？」

18　同・1階エントランス

洋子と尾野が並んで、地下へと向かっていく。
その後ろ姿を見ている視点。西村である。

西村「…」

19　同・地下会議スペース

洋子と尾野が会議室に入ってくる。

洋子「尾野さん、呼んできましたー」

会議室では、久住、淳一郎、浮田、黒島、シンイー、藤井、美里が待っている。

淳一郎「ご苦労様です」

すぐに早苗が菜奈を連れて現れて、

早苗「遅くなりました」

淳一郎「…前回よりもさらに少なくなってますね。…（促して）会長」

早苗「あっ、はい。今日、臨時でお集まりいただいたのは、管理人の床島さんの件で」

一同に緊張が走る。

早苗「その…、ご葬儀に住民会からお花を出すかどうかを…」

一同の空気、少し緩んで、

浮田「そんなことのために集めたの？」

早苗「あっ、はい」

浮田「世話になったんだし、確認取らないで出していいよ」

淳一郎　「一応、積み立て金から出すので、確認したほうがいいでしょ」
浮田　「だったらさっさと多数決取ろうよ」
久住　「でもお葬式ってやるんですか？」
浮田　「そりゃやるだろさ」
久住　「いや、まぁ…（言葉を選んでいる）」
藤井　「（察して）自殺だってやるよ」
早苗　「藤井さん、言い方が、ちょっと」
洋子　「お花はもちろん賛成ですけど、それよりお香典っていくら包まれます？　金額、合わせましょうよ」
美里　「合わせるっていうか、連名でいいんじゃないんですか」
洋子　「だとして1人いくらにします？　合わせましょう」
藤井　「じゃあ、相場は元銀行マンの田宮さんに聞きましょう」
淳一郎　「元銀行マンは関係ないでしょ」
藤井　「いや、融資を渋って自殺に追い込んだ中小企業の社長の葬儀とか、さんざん出てきたでしょ？」
淳一郎、机をたたく。
淳一郎　「気分悪いなぁ！　さっきから」

一同、静まり返る。

シンイー「(なぜか爆笑して）田宮君はいつもユニークだねぇ」

久住「シンイーちゃん、田宮さん、面白いこと言ってないよ」

シンイー「…あ？　あっ、間違えました」

一同、苦笑い。

菜奈も雰囲気を紛らわすために、あえて笑う。

藤井「…よく笑えるな」

菜奈「え？」

藤井「あんたのせいで殺されたのかもしれないんだぞ？」

菜奈「私ですか？」

藤井「あんたが交換殺人なら警察にバレないとか言いださなきゃ、みんな、殺して欲しい奴の名前を教え合うなんてこともしなかったんだよ」

菜奈「交換殺人は私が言ったのでは…」

菜奈、チラリと浮田を見るが、浮田は目をそらす。

洋子「いや、その前に管理人さんの名前書いた人なんていませんよね？　そんな身近な人の名前…」

一同「…」

洋子　「…あれ？」
シンイー「…あのぉ、こんなのが、掲示板に貼ってあったんすけど…」
　シンイー、【管理人さん】と書かれた紙を見せる。
一同　「…」
　一同、凍り付く。
洋子　「…これ、誰の字ですか？」
　と、淳一郎がさっと紙を取る。
淳一郎「そういう話、やめませんか？」
洋子　「…いや、でも…」
淳一郎「これを書いた人の立場になってみてくださいよ。冗談で管理人さんの名前を書いたら、偶然彼が自殺してしまった。今きっと、形容しがたい感情になってると思いますよ」
早苗　「そうですね、それで今日出席できないか…」
美里　「じゃあ北川さんが？」
淳一郎「ですから、誰が書いたとか…」
美里　「すいません」
浮田　「まぁ、最終的にみんな楽しんで書いてたからなぁ。全員、共犯者みたいなもんか」

洋子　「やめてくださいよ。私、無関係ですから」
一同　「（口々に〝私だって無関係〟と口にする）」
藤井　「捨てましょう、貸してください」
一同　「…（一斉に藤井を見る）」
藤井　「…なにか疑ってます？」
一同　「…」
藤井　「（カチンときて）言っときますけど、私が書いたのは山際祐太郎ですからね？」
一同　「…？」
洋子　「えっ、もしかしてDr.山際のことですか？」
美里　「誰です？」
尾野　「テレビに出てる人？」
浮田　「（美里に）なんか、ほらワイドショーでコメンテーターやってる医者だよ」
美里　「…（それとなく無視）」
藤井　「山際は大学の時の同級生なんです。昔から嫌いで嫌いで、首引っこ抜いてやろうと、何度思ったことか」
一同　「…」
藤井　「…さて、僕は正直に言いましたけど、みなさんは、誰の名前を書いたんですか？」

一同　「…」
一同、視線をそらし、妙な空気。尾野だけがあくびをかみ殺している。
菜奈　「…」
菜奈はそれらを不安そうに見ている。

20　同・管理人室前
何者かの視点による管理人室の外観。
S18の西村の視点に思えるが…。

21　同・地下会議スペース
一同　「…」
藤井　「なーんで黙ってるんですか？　…私よりみなさんの方がよっぽど怪しいなぁ」
淳一郎　「やめましょうよ。藤井さん」
藤井　「（ニヤニヤ笑いつつ）…やっぱり自殺じゃなくて殺されたんですかねぇ。この中の誰かに」

淳一郎　「だから」

藤井　「ちなみにこの中に、この〝管理人さん〟と書いた人がいたとしてですよ？　死んで欲しいと思ってる人を殺してもらったんだから、その人も自分が引いた紙に書いてある人物を殺さなきゃルール違反になりますよ？」

美里　「そんなルール聞いたことないです」

藤井　「だって、他人に、捕まるリスクを背負わせておいて、自分だけノーリスクってありえないでしょう」

洋子　「いや、死んで欲しい人の名前を書くことにはなりましたけど、殺して欲しいとは言ってませんよ！」

藤井　「（菜奈を指して）それは…あの人が交換殺人ならバレないとか言うから、本気にしちゃった人がいるんですよ」

菜奈　「ですから、私は…」

早苗　「なにやってんですか⁉」

淳一郎が【管理人さん】と書かれた紙を破いている。

淳一郎　「こんなものがあるから、みんな疑心暗鬼になるんですよ」

洋子　「それ、大事な証拠に…」

淳一郎　「いただきます」

淳一郎、破いた紙を口に入れる。

浮田　「ちょっと田宮さん、おい！　何やってんだよ。出せよ、ほら！」

浮田が吐き出させようとするが、

淳一郎　「うー！　うー！」

淳一郎は飲み込んでしまった。

淳一郎　「このマンションに、人を殺すような人間はいません！」

一同　「…（ひいている）」

いつの間にか菜奈の脇に来ていた美里が、

美里　「（耳打ちするように）私ね…」

菜奈　「はい？」

美里　「噂話は好きじゃないんですけど。田宮さん、真面目すぎて職場でもいろいろあったらしいんです」

菜奈　「…」

美里　「それで早期退職なされて。今も真面目パワーが有り余っている感じですね（と笑う美里も妙に怖い）」

菜奈　「…」

×　　　×　　　×

一同　「お疲れさまでした」
早苗　「机、ちょっと端っこに寄せてください。じゃあ、これ、こちらにお願いします」
会が終わり、一同が机などを片付けている。
菜奈、黒島にすっと近寄り、
菜奈　「あの、これ（とポチ袋、渡そうとする）」
黒島　「はい？」
菜奈　「お借りした千円。ありがとうございました」
黒島　「（言いづらそうに）…あのぉ…（袖から包帯がチラリ）」
菜奈　「（目に入るが気付かないふりをしつつ）あっ、なに？」
黒島　「（何かを言いかけ）…これ（ポチ袋）、かわいいですね」
菜奈　「（包帯が目に入りつつ）ねっ、かわいいですよね」
2人、ぎこちなく笑い合う。
と、ジョギング姿の翔太が現れ、
翔太　「失礼しまーす…。あっ、いたいた！」
一同　「…？」
菜奈　「あ、夫です」
翔太　「どうも」

菜奈「どうしたの？」
翔太「あ…窓が割れてて…」
菜奈「えっ？」

22 同・管理人室前

一同、管理人室前に集まっている。

管理人室の窓硝子が割れている。

久住「えぇ？」

一同、恐る恐る管理人室へ近づいて行き、中を覗き込む。と、中にはS18、S20と怪しかった西村…、ではなく榎本正志がいた。

早苗「パパ⁉」

と、子供がいないはずなのに「パパ」と呼ぶが、誰にもその違和感は気付かれない。

正志「…おっとっと…」

× × ×

正志が管理人室から出てきて、事情を説明している。

正志「…なので、私が通りかかった時にはすでに窓は割れてたんですね。で、ご存じない方もいらっしゃったと思うんですけど、私、一応、警察官やってますので。で、中を検《あらた》めさせていただいたという…」

洋子　「もう、びっくりしました。床島さんの幽霊かと思いました」

正志　「それは驚かしてしまいましたね。ハハ…どうも、ご迷惑をおかけしました。ハハハ…（早苗に〝行くぞ〟と合図）」

正志、早苗をつれて、去ろうとする。

洋子　「あの、すいません」

正志　「（固い作り笑顔で）はい？」

洋子　「管理人さんって結局…？」

正志　「あぁ自宅も調べた結果、どうもご病気を患ってらっしゃったようで」

翔太　「つまり？」

正志　「悩んだ末の自殺でしょうね。少なくとも事件性はないと判断されましたんで」

一同、ざわつきつつ納得。

洋子　「そうだったんですね、自殺…」

淳一郎　「ご病気だとは知りませんでしたね」

藤井　「やっぱりなぁ、顔色悪いと思ってたんだよ」

そんな中、翔太は管理人室の中を覗き込んでいる。

翔太　床島に似合わない、女物のシュシュに目を止める。

「…」

そしてそんな一同を見ている視点。今度こそ西村の視点かと思いきや、
木下　「…」

今度は木下の視点だった。木下、物陰から一同をじっと見ている。

23　同・402号室・早苗の部屋

早苗と正志が部屋で会話している。
正志　「…っていうかさ、お前からももうちょっとフォローしてくれてもよかったんじゃないの?」
早苗　「ごめんごめん」
正志　「ごめんごめんじゃねえよ。なんで俺が怪しまれなきゃいけねえのよ」
正志、隣の部屋から聞こえるラジオ（※澄香が出演している番組）が気になり、
正志　「うるさいなぁ、ちょっと、あの…消そうよ」
早苗　「あぁ」
早苗、部屋を出て行く。

正志、財布の中から何かを探している。

ラジオの音が消え、早苗がすぐに戻ってくる。

正志　「あぁ…。ねぇ、なぁ、おい。昨日飯食った時のレシートある？」

早苗　「え？」

正志　「レシート！」

早苗　「…声、大きい…」

正志　「シッ！　レシート…。レシート、レシート」

早苗　「ちょっと待って…これ？」

早苗、財布からレシートを取り出し、渡す。

正志　「OK！　OK！　OK！　これでアリバイが証明できるよ。あの管理人が死んだ時間俺達2人は外で食事をしていた。これはまごうことなき事実だよ」

早苗　「えっ、私達、疑われてるの？」

正志　「いいや、全く疑われていない。が、がだよ。今は、なにを理由に足元を掬《すく》われるかわからん時期だよ。副署長派の人間全員に迷惑をかける。わかってるよね？」

早苗　「…うん…」

正志　「こっちの派閥が勝つまでは何事も慎重にだよ」

早苗　「…」

24　同・外観・点描（1週間後）

明るい朝日に照らされるマンションの外観。
木下が共同ゴミ捨て場を清掃している。

木下「…」

菜奈（N）「管理人さんの葬儀が終わる頃には…」

×　×　×

［集合ポスト］

西村がポストから新聞を受け取り、手に持っていた封筒を別の部屋のポストに入れて出勤していく。
自然な動きで全く怪しく見えず、どの部屋に入れたかも映らない。

菜奈（N）「私達はそれまでの平穏を取り戻しました」

×　×　×

［302号室前］

菜奈が、出勤する翔太を笑顔で見送っている。

翔太「行ってきます！」

菜奈「行ってらっしゃい」

同時に304号室から澄香がそらを抱えて、慌ただしく出かけて行くのが見える。

澄香「あっ、おはようございます」

翔太「おはようございます」

澄香「そら、急いでよ、ほら！」

翔太「（もう一度菜奈へ）行ってきます」

翔太、そらを「待てー」と言いながら追いかける。

× × ×

［101号室・洗面台前］

久住が身支度を終え、サングラスとマスクをする。

菜奈（N）「管理人さんのことは悲しい出来事でしたが」

× × ×

［202号室・洗面台前］

黒島がシャツの襟元を開き、露わになった鎖骨あたりのアザに、湿布を貼っている。

菜奈（N）「なんでもない毎日こそが、悲しみを乗り越える力になることを、みんな知っているようでした」

× × ×

［201号室・洗面台前］

柿沼がカッコつけて髪形を整えている。
浮田が現れ、枝切りハサミで柿沼の髪を切る。

柿沼「危っぶねぇ！　なにしてんスか！」
浮田「早くしろ。次は首ちょん切るぞぉ」
妹尾も現れ、チェーンソーをバッグに詰めながら、
妹尾「どうせ、すぐボサボサになるんだから」
柿沼「うるせぇよ」
3人、作業着姿で、やたら工具を持って出ていく。

25　とある路上（夕）

美里、吾朗、幸子がいつもの散歩をしている。
仕事帰りでスーツ姿の吾朗の手に重そうな買い物袋。
一同、黙ったままで楽しくなさそう。
吾朗「（夕陽を見て）…どんどん日が長くなるなぁ」
幸子「ゴッホのあの絵に出てくる夕日みたいね、美里さん」

美里　「ゴッホ（それ以上はよくわからない）…はい」
吾朗　「『夕日と種をまく人』だろ。いい絵だよな」
幸子　「今、美里さんが思い出すところだったのに」
吾朗　「あぁごめんごめん…」
幸子　「夕日といえば、〝トタンがセンベイ食べて〟…、なんだっけ？」
美里　「はい？」
幸子　「中也。中原中也の詩よ。〝アンダースローされた灰が蒼ざめて〟…（続きを手振りで求める）？」
美里　「（わからないのでとりあえず繰り返す）〝蒼ざめて〟？」
吾朗　「〝春の日の夕暮れは静かです〟」
幸子　「だから…。美里さんが今、答えてくれるところだったの」
吾朗　「あぁ…」
幸子　「中学生の教科書に出てくる詩だもの。まさかまさか知らないわけないわよね？」
美里　「国語は苦手でして…」
幸子　「あら、ごめんなさーい。国語は中学生以下なのね。知らなかったの。許してくれる？」
美里　「もちろんです」

幸子「あー、よかったー、嬉しい！　アハハハハ…！」
幸子、ケタケタと笑う。
と、通りすがりの知人らしき老人が、
老人「ホントにいつも楽しそうでいいですね」
幸子「おかげさまで、毎日笑い転げてます」
一同、笑顔で会釈。
が、老人が行ってしまうと、美里と幸子は真顔に…。
吾朗「行こうか」

26　駅からの道（夜）

物陰になぜか尾野が立っている。
そこへ翔太が通りかかる。
翔太、通り過ぎるが、尾野は後ろに回り込み、
尾野「あれ、手塚さん？」
翔太「あっ、あぁ、どうも」

×　×　×

翔太と尾野が並んで歩いている。
翔太、チラチラと尾野の髪を見る。
髪の毛はシュシュで結ばれている…。

尾野　「（視線に気付いて）…なんですか？」

翔太　「あっ、いや、あの、それって、えっと…」

尾野　「あっ、これ？　すごい似合ってますよね、私に」

翔太　「え？」

尾野　「褒められた。嬉しい」

翔太　「…あ…、うん」

尾野　「じゃあお礼と言ってはなんですが…」

尾野、板チョコ大のなにかを取り出す。

翔太　「なんですか？」

尾野　「ウエハースです、手作りの」

翔太　「えっ？　ウエハースを手作りする人、初めて会いました」

尾野　「カットしてないんで、ちょっと食べづらいかも」

翔太　「いいいですか？」

尾野　「あっ、どうぞ」

翔太「いただきます。うまい！」
尾野「ですよね。オーガニックの米粉使ってますから」
翔太「へぇー、初めて食べた」
尾野「なにか他にも経験したことないことあります？」
翔太「ん？」
尾野「私、なんでもいいから、手塚さんの初めての相手になりたいです」
翔太「なんすか、それ。面白いっすね」
翔太、尾野の意図を勘ぐることもなく、笑う。
翔太「でもホントおいしいですよ」
尾野「あぁ、よかったです」

27　キウンクエ蔵前・302号室・菜奈の書斎（さらに1週間後）

菜奈が電話をしながらPCで仕事をしている。

菜奈「…はい、配色パターンごとに3つずつなので、全部で21パターンになります。…はい、確認してもらえれば、ええ。よろしくお願いします」

菜奈、電話を切り、背筋を伸ばす。

28　同・駐車場

財布を小脇に抱えた菜奈がコンビニに向かっている。

菜奈「…？」

早苗の車が妙な位置に停まっている。
近づくと、車内で早苗が泣いている。

菜奈「…早苗さん？」

×　×　×

菜奈が、早苗の車を運転して、バックで停めようとしている。
早苗は助手席に。

早苗「なんか、ごめんね。泣くなんて…」

菜奈「車庫入れって慣れるまで難しいですもん」

菜奈「はい、オッケー」

早苗「(笑って) ほんと、助かった。自分が情けないわ」

車の後部座席にはいつもの犬のぬいぐるみがない…。

29　スポーツジム・休憩室

翔太が仕事の休憩中。『名探偵コナン』を読んでいる。
受付担当が現れ、

受付担当「手塚さん、新規のお客さん、いらっしゃってますよ」
翔太「えっ、もう?」

30　同・フロア

翔太が受付で資料を受け取り、ステアクライマーのところへ向かうと、中年の男が1人、器具と悪戦苦闘している。

翔太「(資料を見つつ)パーソナルプランご希望の細川様?」
と呼ばれて振り返った男は、#1で菜奈を物陰から見ていた男(細川朝男)だ。

朝男「あ、はい。細川です」

×　　×　　×

翔太と朝男が会話している。

翔太　「…では、健康維持を目的に、少し慣れてきましたら、お腹まわりから引き締めてみちゃいましょうか？」

朝男　「えぇ、お願いします」

翔太　「任せてください。では早速ですがファーストステップです。これからトレーニング中は、僕のことを〝ショウ〟って呼んでください（と満面の笑み）」

朝男　「ショウ？」

翔太　「ショウです！（さらに満面の笑み）」

朝男　「それって…お断りすることできます？」

翔太　「恥ずかしいですか？」

朝男　「恥ずかしくない人いるんですか？」

翔太　「でもでも、トレーニング中、身体に負荷がかかった状態で、『トレーナーさん』とか『手塚さん』って呼ぶの大変なんですよ。呼び名はなるべく短く。僕は『翔太』なんで〝ショウ〟です。さぁ、say、ショウ！」

朝男を少々迷うが、ゆっくりと顔を近づけ、

朝男　「…（急に笑顔になり）ショウ」

翔太　「（さらに近づけ）もう1回」

朝男　「ショウ」

翔太「もっと大きな声で」
朝男「ショウ！」
翔太「次は3回！」
朝男「ショウ！　ショウ！　ショウ！」
翔太「はーい。ストレッチやります！」
2人、笑いながら、謎の距離感で打ち解け合う。

31　キウンクエ蔵前・302号室（夜）

翔太が本棚を眺めながら、菜奈と会話をしている。
翔太「…で、その新しいお客さんがさ、ミステリー小説が好きだって言うから俺もう嬉しくなっちゃってさぁ。ねぇ、なに貸そうかなぁ」
菜奈「オチ、言っちゃダメだよ？」
翔太「ん？」
菜奈「翔太君さ、自分が好きな小説薦める時、まずオチ言うでしょ？」
翔太「言わないよ」
菜奈「（真似をして）〝すごいんですよ。最後、犯人が花火と一緒に打ち上げられて空

翔太　中でバラッバラになって死ぬんですぅ〟とか言ったじゃん」
菜奈「あれは最高のラストシーンだったねー」
翔太「私は知っちゃってたから楽しめなかったよ」
　「はーい」
翔太、キッチンの新しいコーヒーメーカーに気付く。
翔太「あれ？　ねぇ、あれなに？」
菜奈「あぁ、気分転換に買っちゃった、コーヒーメーカー。いいデザインでしょ？」
翔太「うん。これ、いくらしたの？」
菜奈「あぁ、3万円ちょっと」
翔太「高いよ！」
菜奈「ずっと家にいるから設備投資だよ」
翔太「あー出た！　悪い癖だよ！　そうやって難しい言葉でごまかそうするの」
菜奈「（一瞬考えて）いや、設備投資は難しい言葉じゃないよ。それに私が払うから
　いいじゃん」
翔太「はぁ!?　お金なくて言ってるんじゃないよ」
菜奈「ごめん。じゃあなに？」
翔太「確かにね。あれ割り勘じゃ困るよ？　困るけど、買っちゃったんだもん、払う

よ…。2人のものだもん。この部屋にあるものは、全部2人のものがいいの！」

菜奈「今度からは金額、確認してから買う」

翔太「違うの。お互いの収入がさ、違うのは事実なわけで。でも、菜奈ちゃんが気をつかって、僕の収入に合わせて買いたいものを我慢して買えないのも嫌なのね」

菜奈「うん」

翔太「そんな気づかい悲しいよ。でも、全く気をつかわないで買い物されちゃっても困っちゃう」

菜奈「う…うん？」

翔太「だから、最初から、僕の収入でも割り勘できるようなものを欲しがってよ。〝私、5千8百円のコーヒーメーカー欲しかったの〟って言って！」

菜奈「えーっ」

菜奈「つまり俺にバレないように気をつかってください」

翔太「いや、それって…いや、いいんだよ。でも、それって翔太君に嘘ついてるみたいで、罪悪感あるよ？」

菜奈「いや…。バレる気づかいは嘘だよ。でもバレない気づかいは優しさ。そういう優しさが3つ貯まると愛になるの。逆に言えば、愛さえあれば、優しい気づかいが3回できます。あっ、これ、1日あたりの話ね。1日3回。1年だと1095

翔太

回、僕はあなたに優しくできます。逆も同じ！　菜奈ちゃんが100歳まで生きるとして、あと…5万4千750回、あなたは僕に優しくできます」

菜奈　「ホント計算は早いよね」

翔太　「（ポーズを取りながら）足し算引き算かけ算なんでもござれ。割り算だけはなにがなんやら（でも決めポーズ）」

菜奈、それをじっと見て、

菜奈　「…結婚してよかった」

翔太　「えっ、なんで？」

菜奈　「フフ…わかんない。今、翔太君、見てて、そう思った」

翔太　「割り算できない夫なんて、みんなに笑われちゃうよ？」

菜奈　「みんなが鼻で笑うような部分を好きになっちゃったら、もう離れられないなーって。ウフフ…」

菜奈、自分で言っておいて、照れて笑う。

翔太　「くぅー！」

といいながら菜奈を後ろから抱きしめる。

菜奈　「あー、ちょっと…。アハハ…」

32　とある路上（ブータン料理店・前）（数日後・夕）

菜奈と翔太、近所に買い物に来た帰り道。
買い物袋をぶらさげて並んで歩いている。

菜奈「今日のスーパーの方が品物が充実してたね」
翔太「うん、まだまださ発掘していこうよ」
と、「ブータン料理」の看板に気付く。
菜奈「あっ、言ってる傍から気になるお店発見」
翔太「え？　ブータン料理ってなに？」
菜奈「（携帯を取り出し）調べる」
と、店からバイト中のシンイーが出てくる。
シンイー「あっ！」
菜奈「あぁ！」
シンイー「手塚殿ー！」
シンイー、チラシを翔太と菜奈に渡し、店内へ誘う。

33　ブータン料理店・店内

菜奈と翔太がシンイーにうながされ中に入る。

シンイー「こっちだよ」

【ドルジ】と書かれた名札をつけた店長が現れ、

店長「(カタコトで）いらっしゃいませ」

藤井「あっ」

久住「あれ？」

見ると、久住と藤井が一緒に食事をしていた。

×　×　×

15分後。店内ではテレビがついている。

菜奈と翔太は唐辛子だらけのやたら辛そうな料理を食べ始める。

久住と藤井はすでに食べ終わって、晩酌モード。

久住「ここ、結構住人の人と鉢合わせしちゃうんですよね」

藤井「1人で飯食いにきてたのに、4人になっちゃったよ。(シンイーに）おーい、ビール！」

厨房のシンイーは店長とコソコソ話している。

シンイー「（気が付いて）あぁ？」
藤井「ビール」
シンイー「あぁ、ビアね。しばし待たれよ」
藤井「なんだ？　〝しばし待たれよ〟って」
翔太「なんかすっごい辛いんですけど」
久住「世界一辛いらしいですよ、ブータン料理」
翔太「（辛い顔を菜奈に見せる）へぇ…。あっ、辛ーい」
菜奈「（笑う）フフフ」
藤井「あのさ、君達はどこで知り合ったの？」
菜奈「あの、どちらも仕事がスポーツ関係なんで」
藤井「（遮《さえぎ》って）はいはい仕事関係ねー。仕事関係が恋愛に発展しないからこっちは困ってるの！」
久住「そんないきなり怒っても、なんの話だかわからないですよ」
藤井「わかるだろ！　俺がモテないって話してたんだよ。（2人に）ねぇ？」
菜奈・翔太「（苦笑い）」
藤井「（菜奈に）あなたも、よくまぁ捕まえたよねえ。どうやって、こんな若い人捕まえたの？」

菜奈「えっと…」
翔太「あっ僕からガンガンいきました」
藤井「あ、君からなの？」
翔太「ガンガンいって、ガンガン振られました。30回ぐらい」
藤井「（菜奈に）30回？　その訳は？」
久住「（軽く咎《とが》めて）根掘り葉掘り聞かない」
藤井「いいだろ。しゃべりたいんだよ。こういうのは」
菜奈「あの…年の差はもちろん、まぁ私がバツイチだったたってこともあって」
藤井、背後のテレビの音声が気になり振り返る。
シンイー「おまたー」
菜奈「…（なんとなく話をやめる）」
シンイーが瓶ビールを置いて、去りかける。
藤井「ねぇ、チャンネル変えて！」
シンイー「しばし待たれよ」
藤井「なんだ？　その〝しばし待たれよ〟」
シンイー、リモコンを探し出す。
一同、自然とテレビに目をやる。

流れているクイズ番組に山際が出演中。

久住「おっ、憎っくきDr.山際ですね」

藤井「だから変えるんだよ」

翔太「嫌いなんですか？　僕、結構、好きですよ」

久住「嫌いなどころか…、ですよね」

藤井「そういやぁ、俺が書いた紙は誰が引いたんだ？」

翔太「なんですか？　紙って」

菜奈「（慌てて）あっ、翔太君、これ食べてみて（とはしで翔太の口に料理を運ぶ）」

翔太「（つい食べて）…辛っ！」

シンイー、リモコンを見つけて、

シンイー「藤井！（とリモコンを渡す）」

藤井「なんだよ、俺が変えんのかよ」

シンイー「フン！」

藤井、ニュース番組へとチャンネルを変える。

藤井「まぁとにかく昔からいろいろあったんだよ」

久住「大学の同期なんですって」

翔太「あぁ…」

藤井「医者としては大したことねぇのによぉ、タレントとしてうまく稼いでて、むかつくんだよなぁ」
久住「そんなことで殺してたら、キリないですよ」
翔太「(〝殺すって？〟と菜奈に目で聞く)」
菜奈「(曖昧な表情でかわす)」
藤井「それだけじゃねぇんだよ」
久住「…例えば？」
藤井「…」

×　　×　　×

[回想 とあるバー]
藤井と山際が飲んでいる。
藤井「何だよ？　相談って？　あ、やっと薫ちゃんと結婚する決心ついた？」
山際「まぁほぼそういうことかなぁ」
藤井「学生時代からだもんなぁ、向こうもよく待ったよ」
山際「薫？　まぁもともと、お前が好きだった女だもんな」
藤井「はぁ？　いや、サークルの後輩として可愛がったりはしたけど…」
山際「告白したくせに。ハハハ…」

藤井　「！！！」
山際　「いやぁ、今だから言うけどさ、薫にあの時、『藤井さんがしつこいんで付き合ってるふりしてください』って頼まれてさぁ、ふりするだけじゃつまんねぇから、やっちゃったんだよね。ハハハ……！」
藤井　「（初耳で衝撃の事実）あ…ハハ…、まぁ、なんであれ長く付き合って、結果、結婚までこぎつけたんだから良かったよ」
山際　「はぁ？」
藤井　「いや俺、今、女優と付き合ってんだよ、朝ドラとか出てる」
山際　「そっちと結婚しようと思って」
藤井　「薫ちゃんは？」
山際　「だから…薫は今、狙い時だよ。お前でもいけるんじゃないか？」
藤井　「（怒りで震えてる）…」
山際　「ハハ…ビビるなって！　金かからない女だしさ、お前みたいなしがない勤務医の収入でも文句言わないよ、絶対」

×　　×　　×

藤井　「…（思い出して怒りに震えている）」
久住　「…藤井さん？」

藤井「自分のことだけなら我慢できるけどよ、それだけじゃねぇんだよ！」
菜奈「…？（テレビのニュースに気付く）」
久住「あぁ」
翔太「…！（テレビのニュースに気付く）」
藤井「普通に殺してもつまらねぇからな」
久住「（菜奈と翔太の視線に気付いて振り返り）…あっ」
藤井「過去に戻って、大学生の時点の山際を殺して、そこからアイツがいない世界で、人生をやり直したいな」
菜奈「藤井さん！」
藤井「あー、どんどん殺したくなってきた」
久住「藤井さん！」
藤井「なんだよ！」
菜奈「あれ！」
藤井「えっ？」
ニュース番組で、山際の訃報が報じられている。
キャスター「Dr.山際こと医師でタレントの山際祐太郎さんであることがわかりました。遺体が発見された現場から佐々木記者がお伝えします」

記者　ニュースは遺体発見現場からの中継に切り替わる。
「山際祐太郎さんの遺体が発見された神奈川県伊勢原市の山林に来ています。この先300m入ったあたりの林の中で土に埋まった状態で山際さんの遺体は発見されました。現在も捜査関係者によって…」
藤井、顔面蒼白になる。
藤井「俺じゃねぇからな…」
菜奈・翔太「…」
そして後ろでシンイーも一連のやりとりを見ていた。

34　とある路上

菜奈・翔太・久住が並んで歩いてる。
菜奈「…藤井さん、置いてきちゃって大丈夫でしょうか?」
久住「まぁ…1人になりたそうでしたし。それより山際って…」
と、目の前の信号が点滅する。
翔太「あっ、急いで！　走って！」
久住「あっ、ちょ…、あっ…」

と走って信号を渡っていく翔太。菜奈と久住は渡れず、その場で止まった。

翔太、道の向こうから、

翔太「えー！　大腿四頭筋鍛え直した方がいいんじゃないの？」

と叫んでいる。

久住「あれって、もしかしてまた住人の誰かに殺されたとか…」

菜奈「〝また〟って、やめてくださいよ」

久住「それと…」

菜奈「はい？」

久住「ゲームのこと、旦那さんに…？」

菜奈「あぁ、言ってないんです。ちょっといろいろあって…」

久住「へぇ…」

久住、それ以上は詮索しなかった。

35　ブータン料理店・店内

店長「シンイー」

シンイー「ん？」

店長　「もう閉めるよ（藤井に伝えるよう目で促す）」

シンイー「おぉ」

　シンイー、藤井の元にやってきて、

シンイー「藤井、ルールどうするか？」

藤井　「ルール？　なんの話？」

シンイー「殺してもらったら、自分も殺すのがルールって言ってたぞ」

藤井　「冗談だよ。そんなルールないよ」

シンイー「じゃあ藤井は誰も殺さないな？」

藤井　「うん。…なんで俺だけ呼び捨てなんだよ」

シンイー「藤井、もう帰れ！」

藤井　「…」

36　キウンクエ蔵前・403号室・藤井の部屋

　酔った藤井が部屋に帰ってくる。

　深いため息をつきながらソファーに寝転ぶ。

×　　×　　×

［回想＃2 S21］

藤井「死んで欲しいと思ってる人を殺してもらったんだから、その人も自分が引いた紙に書いてある人物を殺さなきゃルール違反になりますよ？」

× × ×

藤井、ズボンのポケットに財布を入れっぱなしなことに気付く。財布を取り出し、中に入ってる紙のことを思い出す。

藤井「…」

藤井、紙をそっと開く。紙には【タナカマサオ】と書かれている。

藤井「…誰なんだよ」

と、その瞬間、インターホンが鳴る。モニターには誰も映っていない。

藤井「…？」

藤井、恐る恐るドアを開ける。と、S6と同じ【ルールはちゃんと守りましょう】と書かれた紙が挟まった回覧板が置いてある。

藤井、部屋に戻り、改めてモニターを確認。録画の再生ボタンを押す（録画は制止画のみの機械）。と、人物は写っているが、すぐに走り去ったのか、ブレていて判別できない状態の画像（実際は木下）。ブレ具合がお化けのようで妙に怖い。

藤井「…」

37　同・外観（数日後・朝）

晴れた日。佐野が相変わらず長靴で、大きな鞄を持って出かけていく。

38　同・302号室・寝室

菜奈、目を覚ます。
隣で寝ているはずの翔太がいない。

菜奈　「…？」

39　同・302号室

菜奈がリビングに行くと、すでに着替えた翔太が写真週刊誌を読んでる。テーブルの上にも何冊か。

菜奈　「あっ、おはよう」
翔太　「おはよう！」

菜奈　「また買ってきたの？」
翔太　「うん、こないだの事件の、続報が出たからさ」
と写真週刊誌を掲げる。
【Dr.山際の怪死体。首から上はどこへ】
翔太　「テレビじゃ切断された遺体としか言ってないけど、どうやら首から上が見つかってないらしいですよ、名探偵」
菜奈　「朝からそんな話、聞きたくないよ」
翔太　「犯人、まだ目星もついてないみたいらしいよ」
菜奈　「ほんとにやめて！」
翔太　「ごめんごめん…」
菜奈　「ううん…、私こそ、ごめんね」
翔太　「…（様子のおかしい菜奈を不思議そうに見ている）」

40　藤井の病院・診察室

藤井が診察開始前に、写真週刊誌を読んでいる。山際に関しての記事のページ。
そこへ桜木がやってきて、

桜木「藤井先生」
藤井「（慌てて週刊誌を閉じる）はい」
桜木「（黙ってハサミを渡そうとする）」
藤井「なに？」
桜木「袋とじ、開けますよね？」
藤井「君は、私を何だと思ってるんだ」
桜木「いつも手でビリビリ開けてるじゃないですか（そのままハサミを机上に置く）」
藤井「…」
桜木「あっ、それと、病院宛にお手紙届いてました（と封筒を渡して）本日もよろしくお願いします」
と、去っていく。
藤井、封筒に対して不信感。
藤井「…」
じっと見つめ、そっと裏返す。差出人の明記はない。ハサミで封筒を開ける。
中から、週刊誌の山際の記事。その上に赤マジックで【あなたの番です】
と殴り書きしてあった。
藤井「…！」

41　キウンクエ蔵前・302号室・菜奈の書斎

菜奈が仕事をしながら、ふと手を止める。

菜奈「…」

[回想 #2 S34]

久住「あれって、もしかしてまた住人の誰かに殺されたとか…」

×　×　×

菜奈「…」

×　×　×

42　同・4階エレベーターホール～402号室前（数日後・夜）

藤井がエレベーター（音が鳴る）から降りてきて、402号室のインターホンを押す。手には封筒。

早苗「はい？」

早苗、廊下まで出て後ろ手でドアを閉める。

早苗「なにか？」

藤井「（封筒を取り出し）これ！」

早苗「…なんですか？」

封筒の中にＳ40とは別の【あなたの番です】の紙。

藤井「最近、帰ると毎日入ってんだよ。今日はこんなのも」

藤井、「殺人教唆」の条文のコピーを取り出す。

早苗「…これ、どういう意味ですか？」

藤井「詳しいことはこれを入れた奴に聞いてくれよ。っていうか、こういうイタズラするなってみんなに注意してくれよ！」

藤井、イライラしながら部屋へ。

43　同・403号室・藤井の部屋

藤井、部屋に入り、深いため息をつきながら紙をダイニングテーブルに放り投げる。上着を脱いでそのままテレビをつけると…、

テレビではまた山際の報道だ。

すぐに切って、ソファーに倒れ込む。

と、バスルームから何か音がしていることに気付く。

藤井「……？」

藤井、恐る恐るバスルームへ。

乾燥機付き洗濯機がガランゴロンと音を立てている。

なにか重い物が入っているようだ。

藤井「…」

藤井、乾燥機を止めて、蓋を開け…意を決して覗き込むと…、

バスタオルの隙間から髪の毛が見えている。山際の生首である。

藤井「はぁー!! あっ！ ハァ、ハァ、毛…ハァ、ハァ…！」

藤井、腰が抜け、這いつくばるようにして、ドアへと必死で逃げて行く。

リビングには、テーブルの上に広げられたままの写真週刊誌（翔太が読んでいたものと同じ）…。

その見出しは、

【Dr.山際の怪死体。首から上はどこへ】

【＃３へ続く】

あなたの番です

第3話

#3

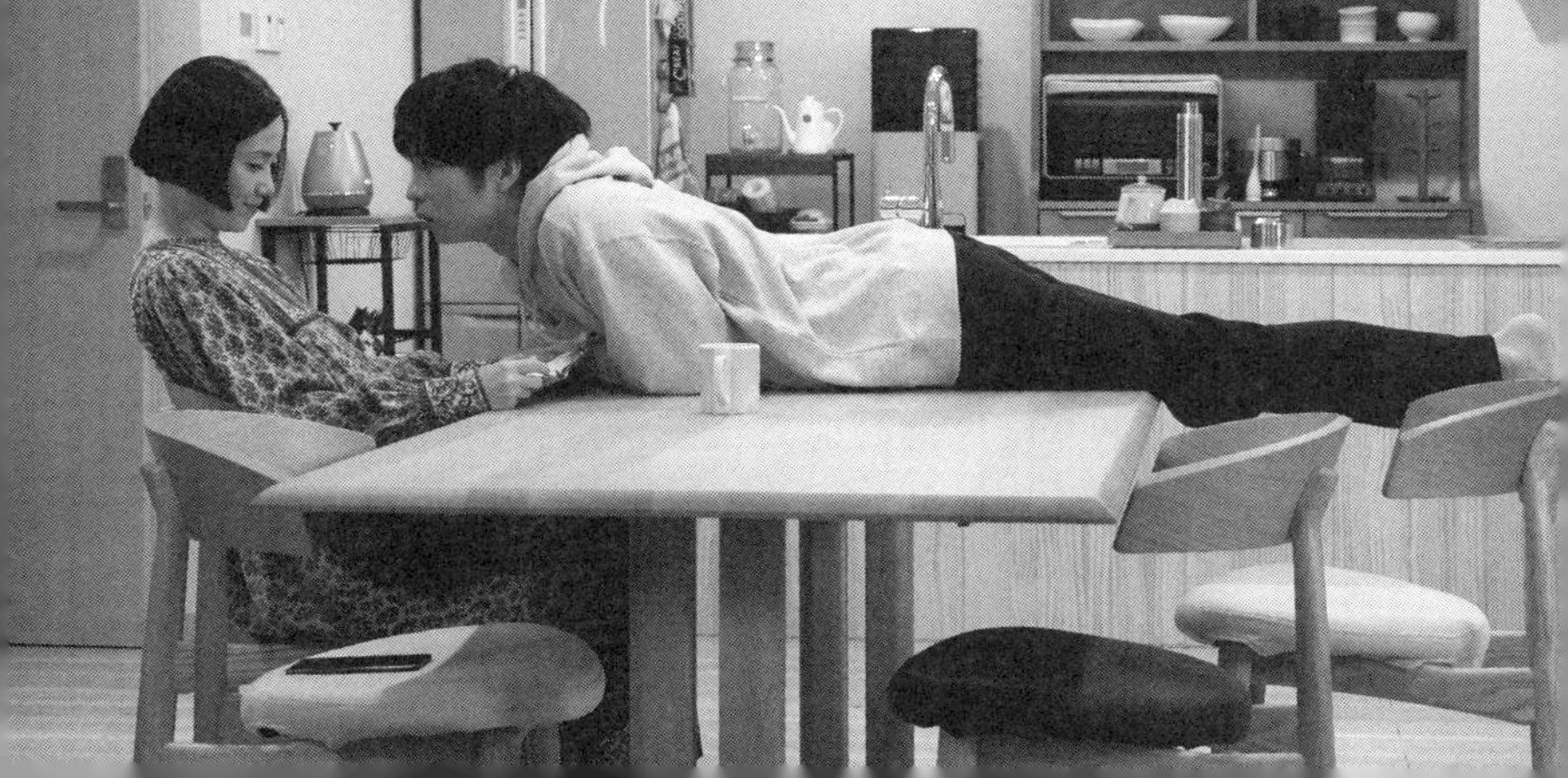

1　前回の振り返り

[回想 ＃1 S25]

住人一同が紙に名前を書いたり、缶に入れた紙を引いたりしている。

菜奈(N)「〝誰だって1人くらいは殺したい人がいるでしょう〟、そんな言葉が始まりだった気がします。私達は、冗談半分で、殺したい人の名前を書いて、こっそり見せ合いました。でも…冗談だと思っていない人がいたのかもしれません」

× × ×

[回想 ＃1 S41]

逆さまの床島が目をカッと見開き、

床島「うわぁ…。うわぁぁぁぁぁぁぁぁぁぁぁぁぁぁぁ！」

翔太・菜奈「うわぁぁぁぁぁぁぁぁぁぁぁぁぁ！」

次の瞬間、床島、下へと落ちていき…、死んでいる。

× × ×

[回想 ＃2 S19]

藤井「(カチンときて) なにか疑ってます？　言っときますけど、私が書いたのは山際祐太郎ですからね?」

× × ×

［回想 ＃2 S33］

菜奈「藤井さん! あれ!」

キャスター「神奈川県の山中で発見された身元不明の遺体はDr.山際の愛称で親しまれている…」

菜奈(N)「信じられないことがいくつか、私の目の前でも…」

藤井「俺じゃねぇからな…」

× × ×

［回想 ＃2 S39］

翔太「どうやら首から上が見つかってないらしいですよ」

× × ×

［回想 ＃2 S43］

菜奈(N)「私の知らないところでも…起き始めていました」

藤井、恐る恐る乾燥機を開けると、バスタオルの隙間から髪の毛が見えている。

山際の生首。

藤井「はぁー!! あっ! ハァ、ハァ…!」

藤井、這いつくばるようにしてドアへ…。

2　キウンクエ蔵前・4階廊下〜エレベーターホール（夜）

藤井が必死でエレベーター前に逃げてきて、ボタンを押すが、ボタンは点灯しない。

藤井「なんでだよー…」

藤井、ボタンを連打するが、諦めて非常階段へ。

3　同・外階段　4階〜3階

藤井、外階段の扉を開け、飛び出してくる。
と、佐野が上の階へ上っていくところだった。

藤井「わぁー」

佐野「…（無言で会釈）」

藤井「あ…、うぅ…」

一瞬、声をかけようとするが、怖くなって下の階へと逃げていく藤井。
3階まで降りると、踊り場に尾野がいた。

藤井「うわぁぁぁ！？」
尾野「びっくりしたぁ」
藤井「…（尾野が生首を置いた犯人と疑って警戒）」
尾野「…藤井さん？　大丈夫ですか？　なんか、顔が…」
藤井、警戒心から、顔が言葉で表現できない状態に。
尾野「いつも以上に、おかしなことになってますけど」
藤井「（貶《けな》されたことにも気付かず）…いやあ…、その…」
尾野「もしかして部屋に、Dr.山際の生首があるとか？」
藤井「（思わず）うん、ある」
尾野「え？」
藤井「（我に返って）あっ、いや、ない！　ないよ。そんなもん！　あるわけないだろ！
もう空っぽなんだから、ウチの部屋は」
尾野「っていうか、どうしたんですか？」
藤井「万が一、生首があったとして、そんなわかりやすい状況、逆に犯人じゃない、
…よね？」
尾野「…いや、犯人決定ですよ。普通、持ってないですもん、生首」
藤井「…」

4　同・403号室・藤井の部屋

藤井が恐る恐る部屋に戻ってきた。
かなり怯《おび》えながら、中に入る。

藤井　「…？」
生首が消えている。

藤井　「えっ…。ハァ…。…なんだー」
と、ホッとした瞬間、床の紙片に気付く。

藤井　「…⁉」
広げると、【山際祐太郎】と書かれた紙だった。

藤井　「…」

×　　×　　×

[回想 ＃2 S21]

藤井　「死んで欲しいと思ってる人を殺してもらったんだから、その人も殺さなきゃルール違反になりますよ？」

×　　×　　×

藤井、気分が悪くなり嘔吐《おうと》…、する瞬間に次のシーンへ。

5　同・1階エレベーターホール

誰か（久住）がエレベーターから降りて去っていく。

6　同・集合ポスト

集合ポスト前の掲示板。

【ルールはちゃんと守りましょう】

タイトル

『あなたの番です』

7　キウンクエ蔵前・302号室（数日後・朝）

菜奈が歯磨きをしながら、洗面所から出てくる。
と、翔太が週刊誌を読みながら、出勤するところだ。

菜奈「ついでにゴミ捨て頼んでいい？」
翔太「（顔を上げずに）うん、いいよ。ねぇ、山際祐太郎は首がないだけじゃなくて、どうやら指紋も焼かれてたらしいよ」
菜奈「知りたくないよ」
翔太「オランウータンターイム！」
菜奈「翔太君…」
翔太「（探偵風に）どうやら犯人は、身元を隠蔽して捜査の進行を遅らせようとしている。つまり、計画的な犯行」
菜奈「遅刻するよ」
翔太「犯人には深い怨恨があって、『いつか絶対に殺してやる。その時が来たら、こうやって殺して、ああやって隠蔽しようと』シミュレーションしていた。この推理どう思う。ブルだと思う？」

菜奈「そんなことばっかり考えてないで、早く仕事行きなよ」
翔太「えー、菜奈ちゃんこそ、最近、考えごと多いじゃん…っていうか、ぼーっとしてるし」
菜奈「（さりげなく警戒して）え？　なんでそう思うの？」
翔太「だって、それ、俺の歯ブラシだもん」
菜奈「えっ⁉　あ…（歯ブラシを持ったままフリーズ）」
翔太「えっ、なに？　気持ち悪いとか思ってる？」
菜奈「（慌てて）いや？　ううん…」
翔太「俺のこと好きじゃないの？」
菜奈「好きでも、人の歯ブラシはさぁ…」
翔太「えー、俺は使えるよ、菜奈ちゃんの歯ブラシ」
菜奈「使わないで！」
翔太「たまにだけ」
菜奈「ううん。好きとこれは別の話！」
翔太「（落ち込んで）俺さ、好きっていうのは、同じ歯ブラシを一緒に使うことだと思ってましたー」
菜奈「えー？（返事に困る）」

翔太　「実際もう何回も使ってるし（と言いつつ右乳首を掻《か》く）」
菜奈　「（一瞬驚きかけるが）嘘でしょ」
翔太　「バレた？　だって菜奈ちゃん、元気ないんだもん」
菜奈　「だって、いきなり管理人さんが亡くなったり…」
翔太　「（言い切らないうちに抱きしめて）もう抱きしめるくらいしかできることがなくてごめん」
菜奈　「大丈夫、ありがと」
翔太　「大丈夫そうじゃないから、あと10秒だけ」

黙って抱きしめ合う2人。
菜奈、ちょっと気恥ずかしいが、嬉しくもある。
と、お腹が鳴る音がする。

翔太　「今のどっちのお腹？」
菜奈　「フフ…わかんない」
翔太　「わかんないよねー。どっちのお腹が鳴ったかわかんない距離にいつもいたいね」
菜奈　「（嬉しい苦笑い）」
翔太　「隠しごととかもしない。絶対」
菜奈　「…」

8　同・共同ゴミ捨て場

藤井がゴミ捨て場にやってくる。
ふと他の住人が捨てたらしき週刊誌の束が気になる。
山際についての見出しが表紙に載っている。

×　　×　　×

［回想 ＃2 S40］
山際の記事の書かれたページに、【あなたの番です】と殴り書きされている。

×　　×　　×

藤井「…」
藤井、週刊誌をめくって、破られたページがないか探し出す。
木下（声）「あの…」
藤井「うわっちゃいちゃいちゃい！」
いつの間にか木下が立っていた。
藤井「あっ、なんだ…木下さんでしたか」
木下「…今、〝うわっちゃいちゃいちゃい〟って言いました？」

藤井「いや、驚いて、つい」

木下「なんですか？〝うわっちゃいちゃいちゃい〞って」

藤井「意味なんかありませんよ。あなたが驚かすから…」

木下「驚かした相手に呪いの言葉を口走ったと」

藤井「呪ってませんよ！　なにしてるんですか？」

木下「私、清掃係にさせられたんで」

藤井「あぁ…」

木下「ちゃんと分別してますか？　してないなら呪いますよ」

藤井「してますよ！」

9　同・1階エレベーターホール

淳一郎がエレベーターを待っている。

と、久住を乗せたエレベーターが来て、ドア開く。

※ドアの開く音はこの時からしない。久住が勝手にいじって、ミュートしたのだ

（夜中にうるさいから）。

久住「（ポケットにドライバーを突っ込みながら）あっ、どうも」

淳一郎「おはようございます」
淳一郎、久住が降りないので、乗り込む。
久住「…何階ですか？」
淳一郎「降りないんですか？」
久住「え？　…あぁ…降ります」
久住、ようやく降りる。
淳一郎「あの、ちょっと…」
久住「（異様にびくりとして）…!?　はい」
淳一郎「今夜、空いてますか？」
久住「…はい」

10　同・駐車場

※ここから早苗の車は置かれていない。
浮田・妹尾・柿沼が車に乗って帰ってくる。
荷台にはブルーシートで隠された段ボールが。
3人、コソコソと車から段ボールを運び出す。

妹尾　「…？」
妹尾、そらがこちらを見ていることに気付く。
妹尾　そらの前に立って、視界から車を遮りつつ、
「そら君、保育園、行かなくていいの？」
そら　「…」
そら、黙って走り去る。走り去った先を目で追うと、澄香が駐車場の隅で、しゃがみこみ、膝の上にPCをのせて作業しながら、どこかに電話している。
澄香、傍にそらが来ても相手にする余裕がない。
妹尾　「…」
妹尾、ムッとした表情で、澄香に近づいていく。
と、その腕を柿沼がつかむ。
柿沼　「おいおい…」
妹尾　「なに？」
柿沼　「言いたいことがあるならよぉ、ガキがいねぇ時にしろよ。ガキの前で母親、怒鳴ったら、あのガキも傷つくべよ」
妹尾　「…」
浮田　「早くしろ！　ぶっとばすぞ！」

柿沼「(笑って) ほら、ぶっ飛ばされちゃうよぉ」
妹尾「うん…」
妹尾と柿沼、荷下ろし作業に戻る。
浮田「…」
浮田、そんな2人と澄香親子を交互に見ている。
母を亡くした妹尾の心中を察しているのだが、それはここでは誰にもわからない。

11 とある坂道

美里、幸子が坂道の上でいつもの知人の老人と会話。
老人「ほんとにいつも仲良しで…」
幸子「いや、仲良しっていうか、私が一方的にお世話になってるだけ」
老人「そんなことないわよねぇ!?」
美里「えぇ」
幸子「謙遜しないで! ほんと助かってるんだから」
美里「(ぎこちなく笑う)」
幸子「あっ、そうだ美里さん、この人にあれ見せてあげて」

美里「あれ？」

幸子「うん、あれ。ほら、あれ。あの…あなたに預けたあれ（という嘘）」

美里「はい（わかってないが、鞄の中を探り出す）」

と、幸子、そっと車椅子のストッパーをはずす。

老人「『あれ』でわかるなんて、やっぱり仲良しよぉ。フフ…！」

坂道をゆっくりと下り出す、車椅子。

美里「ん⁉　あぁー！　お義母さん！」

美里、気付いて必死で車椅子を追いかけ出す。

なんとか車椅子をつかんだが、幸子は道に投げ出される。

自分から飛んだようにも見えたが…。

老人も追いかけてきて、

美里「大丈夫ですか⁉」

老人「大丈夫⁉」

幸子「うぅ…。大丈夫大丈夫…。あぁ…」

美里「すいません、すいません。すいません…」

美里、車椅子を戻し、幸子を抱え上げて座らせる。

幸子「吾朗には言わなくて大丈夫だからね。ストッパーかけ忘れたなんて言ったら、美里さん怒られちゃう」

美里　「…はい…」

老人　「嫁をかばうなんて、ホントに優しいのねぇ。私も見習わないと」

カラカラと笑って盛り上がる、幸子と知人の老人。

美里　「…（わざとだと察する）」

12　藤井の病院・診察室

藤井が診察室で、【あなたの番です】と書かれた脅迫状を十数通、眺めながら頭を抱えている。

そこへ桜木、入ってきて、

藤井　「ちょちょ…ちょっ、ちょっと…」

桜木　「藤井先生？」

藤井、慌てて脅迫状を隠す。

藤井　「『入ります』とかないのか、君は！　何の用だよ!?」

桜木　「何って、仕事ですけど」

藤井　「…だよね…ごめんごめん」

桜木「（怒らず優しく）最近、変ですよ。私、心配です」
藤井「ごめん、ありがとう」
桜木「ほら、藤井先生って、患者さんからも看護師からもすごい評判悪いじゃないですか？　もうすぐでクビになっちゃうんじゃないかなーって、心配してるんです」
藤井「はぁ？」
桜木「ですから、私が、先生の愚痴をね、ささいなことでも口にしてしまったら、すーぐクビになるぐらい、イエローカードたまってる感じですよね？」
藤井「そうなの？」
桜木「そうですよぉ…。（急に態度を変え）だから問題起こすんじゃねぇぞ、藤井」
藤井「…（唖然）」
桜木「返事は？」
藤井「…はい！」
桜木「（カワイイ笑顔に戻って）本日もよろしくお願いします」
桜木、出ていく。
藤井「ハァ…」
藤井、1人になって、小さくため息をして肩を落とす。
早苗（声）「…どう思う、藤井さんのこと」

13　とある喫茶店

喫茶店で菜奈と早苗が会話をしている。

菜奈「どう思うって？」

早苗「だから、藤井さんがDr.山際を殺したんじゃないかなんて言ってる人もいるから」

菜奈「誰が？」

早苗「結構、みんな言ってる」

菜奈「…それはないと思うけど。藤井さんあの時…」

×　×　×

［回想　#2　S33］

キャスター「…身元不明の遺体は山際祐太郎さんであることが先ほどわかりました」

藤井、顔面蒼白になる。

藤井「俺じゃねぇからな…」

菜奈（声）「あの驚き方は…」

×　×　×

菜奈「本当に知らない感じだったし」

早苗　「そうだよね。殺すわけないよね」

菜奈　「うん…」

早苗　「管理人さんのことも山際祐太郎も、あのゲームとは関係ないよね？　住人の中に怪しい人とか…？」

菜奈　「…うーん…」

×　×　×

[回想＃1　S21・23]

浮田　「死ななくてもいいけど、いなくなって欲しいぐらいなら、あるよ」

久住　「僕、殺したい人知り合いじゃないんですよね」

美里　「一回死んで、生き返って、もう一回死んで欲しいなーと思ってました。アハハ…」

床島　「では、みんなで発表し合いますかぁ」

×　×　×

[回想＃1　S25]

一同、殺したい人間の名前を書いている。

×　×　×

[回想＃1　S25]

一同が曲に合わせて、紙を引いていく。

久住　「他の人に見せたらダメですよ。じゃあ…、オープン!」
紙を開いて名前を確認している一同の表情。

菜奈　「いない…かな」

×　×　×

14　キウンクエ蔵前・102号室・佳世の部屋前（夕）

ドアに【児嶋キッズ・イングリッシュ教室】の看板。
ドアが開き、子供達が数人、続けて佳世が出てくる。
子供達　「（声を揃えて）センキュー、フォー、ティーチング、ミー、シーユー!」
佳世　「See you next week.（おやつを掲げて）おやつ、もらってない人いない?」
子供達　「わぁー!」
子供達、バカみたいに走り去っていく。
と、104号室に、学校帰りの石崎文代（9）と石崎一男（6）が入っていくところが見える。
佳世　「文ちゃん、一君」

文代　「…（気まずそうな表情）」
　　　佳世、一男の手をぎゅっとにぎりながら、
佳世　「最近、教室お休みしてるけどどうしたの？」
文代　「…風邪です」
一男　「風邪って言いなさいってママが言ってた」
佳世　「……え」
文代　「ちょっと…」
　　　文代が一男を引っ張るようにして部屋の中へ。
佳世　「…」

15　同・302号室（夜）

翔太　「ただいまー」
　　　翔太が仕事を終えて帰ってくる。
　　　と、テーブルの上に置き手紙が。
　　　『臨時の住民会に出てきます　菜奈』
翔太　「…」

16　同・地下会議スペース

臨時の住民会に、久住、淳一郎、洋子、浮田、尾野、菜奈、早苗、美里が出席している。淳一郎が立ち上がって、主旨を説明中。会長の早苗は少々困り顔で下を向いている。

淳一郎　「…ですから、根拠のない噂話で藤井さんを傷つけるのはやめましょうということを言っているんです」

浮田　「だから、俺が言いたいのは、そんなことを話すために住民会を開くんじゃないって言ってんだよ」

淳一郎　「そんな話って」

浮田　「あんたにな俺達を招集する権限なんてないんだぞ！」

淳一郎　「いいえ。入居する際の契約書にちゃんと書いてあります。各部屋の住民の、不利益になることが発生した場合」

淳一郎と浮田が言い合う中、美里が菜奈に小声で、

美里　「私ね…」

菜奈　「はい？」

美里「中年男性が必死になってる姿見るの、大好きなんです」

菜奈「…（苦笑いで同意したフリをしてうなずく）」

浮田「（隣の美里に）…第一、当の藤井さんが欠席してんじゃなぁ？」

美里「…（それとなく無視）」

洋子「あの、落ち着きましょうよ！　管理人さんと山際祐太郎が亡くなって、みんな、不安なんですから…」

尾野「なんで不安なんですか？」

洋子「いや、ですから、誰かが殺したのかもっていう…」

尾野「（悪意なく）え？　石崎さんは、この中の誰かが、2人を殺したと思ってるんですか？」

洋子「いや、そ…それは…。今日欠席されてる方もいらっしゃるので…」

一同、それぞれの様子を覗《うかが》って妙な空気。

淳一郎「こうやって疑心暗鬼になるのが嫌なんだ！　発言に気をつけてくださいよ」

浮田「また、いつもの真面目すぎが出ちゃってるよ」

淳一郎「（カチンときて立ち上がり）あの、ちょっと…浮田さんね、そうやってね、私のことといつも真面目、って言うでしょう？　私そんな真面目な人間じゃないですよ！　こう見えてね学生時代は劇団・ユーモア団地っていうとこに所属して、東

は第三舞台、西は劇団そとばこまち、南河内万歳一座、劇団☆新感線のような
ユーモアにあふれる劇団に…」

浮田「だからそういうとこだよ！」

一同、苦笑い。

淳一郎「…（悔しいが、言い返せず座る）」

代わりに早苗が立ち上がり、

早苗「あの。私は別にみなさんのことを疑ってませんが、ただ藤井さんのところに脅迫文が届いてるんです」

美里「…脅迫文？」

早苗「えぇ」

×　　×　　×

［回想＃2 S42］

藤井が【あなたの番です】の紙と「殺人教唆」の条文のコピーを早苗に見せている。

藤井「最近、帰ると毎日入ってんだよ。今日はこんなのも」

×　　×　　×

早苗、藤井から預かった脅迫文とコピーを取り出す。

洋子「…なんですか、この〝殺人…〟」

早苗　「〝さつじんきょうさ〟って読むみたいです」

洋子　「(読んで)〝人を教唆して犯罪を実行させた者には、正犯の刑を科する〟。つまり…」

淳一郎　「〝教唆〟ってそそのかすって意味ですね」

菜奈　「実行犯じゃなくても、殺人を誘導したり、仕向けたりすると、殺した人と同じように罰しますよっていうことです」

尾野　「詳しい。手塚さんがコピーしたんだ?」

菜奈　「違います。ミステリー小説にたまに出てくるんで」

美里　「誰が、どうして、これを藤井さんに?」

菜奈　「山際祐太郎を殺した人が、藤井さんに送ったものだとしたら、〝あなたも私と同罪です〟って意味かと」

淳一郎　「…馬鹿馬鹿しい、そんなこと言ったら、そもそもあのゲームに参加した全員が殺人教唆になりますよ」

洋子　「なんでそうなっちゃうんですか?」

淳一郎　「殺したい人を書いて交換したことが罪に問われるのであればみんな同罪でしょ?」

美里　「でも、名前書いただけですよ?」

尾野　「私、無理矢理参加させられたんですけど」
淳一郎　「だから私も馬鹿馬鹿しいと言ってるんです」
浮田　「でも法律ってそういうもんだろ」
一同　「…？」
浮田　「知らなかった、そんなつもりなかったって言っても、罪は罪ってことで捕まるわけよ。でもこれ、全員まとめて捕まったら、ちょっと笑っちゃうよな。アハハ」
一同　「…」
美里　「…笑えませんよ」
一同、静まり返る。
久住　「結局、誰がこれを藤井さんに送ったんですか？」
浮田　「ここにいる奴だろ？」
淳一郎　「そういう疑いのまなざしはやめましょうよ！」
早苗　「まず、ここにいる人は山際祐太郎を殺したりしてませんから」
一同　「（うなずく）」
浮田　「（笑って）じゃあ今日、欠席してる奴か？」

×　×　×

［回想 ＃2 S35 ブータン料理店］

バイトしているシンイー。

浮田（声）「例えば、中国の女の子か」

× × ×

［回想 ＃3 S10 駐車場］

澄香が、PCをいじっている。

その脇にそら。

浮田（声）「仕事大好き女か」

× × ×

［回想 ＃2 S21 地下会議スペース］

黒島がポチ袋をかわいいと誉めている。

浮田（声）「SM女子大生だな」

× × ×

久住「…SM女子大生？」

浮田「ほら、いるだろ、202の。いつもどっかしら包帯巻いてる…」

久住「え？　あれ、そういうことなんですか？」

浮田「すぐわかるよ、同じ性癖の持ち主としてはね」

久住「え？」
一同「……」
浮田「あ…誤解だからね。俺は、ドがつく方のＭだからね」
久住「なにがどう誤解なんですか…」
一同「（やや引きつつ、苦笑い）」
淳一郎、ドンと机をたたいて、
淳一郎「ここは、そんな不健全な話をする場じゃない！」

17　同・１０３号室・淳一郎の部屋

淳一郎が居間にて、手を氷水に浸している。
妻・田宮君子（55）が、
君子「銀行にいた時だって喧嘩なんかしたことなかったのに」
淳一郎「喧嘩じゃないよ。机をたたいただけだよ」
君子「…（咎めるような視線）」
淳一郎「なんだよ」
君子、カルチャーセンターの冊子を何冊も取り出す。

君子　「仕事にぶつけていた情熱をぶつける新しいなにかを見つけてください」
淳一郎　「…人を隠居老人みたいに言いやがって…」
淳一郎、自嘲気味に笑い、冊子を手にする。

18　同・1階エレベーターホール

菜奈と早苗が立ち話をしている。
早苗　「なんか知り合ってから、ずっと誰を殺したとか殺されたとかそんな話ばっかりで嫌になっちゃうよね」
菜奈　「（苦笑いでうなずく）」
早苗　「もっと新婚さんのノロケ話とか聞きたいよ」
菜奈　「（一瞬照れて）えっ、別に話すことないですよ」
早苗　「ありそうだったよ。今（笑う）」
と、そこへ帰宅してきた黒島が通りかかる。
黒島、眼帯をしている。
菜奈　「あ…」
黒島　「どうも」

菜奈　「大丈夫ですか？」
黒島　「え？（眼帯のことだと気づき）あぁ…大丈夫です」
　　　黒島、去っていく。
早苗　「聞いちゃダメだったんじゃないのぉ？」
菜奈　「なんで？」
早苗　「（にやりと笑う）」
菜奈　「えっ、嘘、ほんとうに？　そういうことなの？」
　　　菜奈と早苗、笑い合う。

19　同・302号室（夜）

　　　菜奈と、風呂上がりの翔太が、晩酌中。
翔太　「で、結局、何の話だったの？」
菜奈　「なにが？」
翔太　「住民会。わざわざ臨時で開くのってなに？」
菜奈　「えっと…（自覚なく両手を組む）」
翔太　「もしかして嘘つこうとしてる？」

菜奈　「え？」
翔太　「菜奈ちゃんね、嘘つく時、下唇噛む癖あるから（と自覚なく左手で右胸を掻く）」
菜奈　「…」
翔太　「なんで嘘つくの？」
菜奈、あえて下唇を噛んでみせた上で、
菜奈　「ウフフ…ねぇ。下唇を噛む癖ってさ、嘘でしょ？」
翔太　「よくわかったね」
菜奈　「だって、翔太君、必ず嘘つく時、右の胸掻くから」
翔太　「まじで!?　え？　全然自覚ないよ」
菜奈　「よくあるよ」
翔太　「どういうこと？　え？　で、結局なんだったの？」
菜奈　「あぁ…えっと、あっ、そう（改めて手を組んで）田宮さんって、１０３号室の人が、最近、ゴミの分別が曖昧になってるからちゃんと気をつけてくださいって」
翔太　「それ俺も怒られた。ゴミ捨て場に女の人が立ってて」
菜奈　「それはたぶん清掃係の…」
翔太　「木下さんなんだけね」
菜奈　「よく知ってるね」

翔太　「だって少し話したもん。独身で、ミュージカル観に行くのが好きって言ってたよ」
菜奈　「ほんとにすぐ誰とでも仲良くなるね」
翔太　「えーそんなことないよ」

20　スポーツジム（日替わり・昼）

翔太と朝男がトレーニング中に会話している。

朝男　「そんなことあるよ」
翔太　「そうっすか?」
朝男　「すぐ仲良くなるっていうか、最初から慣れ慣れしかった」
翔太　「それちょっとディス入ってるじゃないっすか」
朝男　「違う違う、それがショウの良いところだって言いたいわけ」
翔太　「あぁ…」

と隣の会員から「うるさい」という意の咳払いが。

翔太　「アニキ、声デカいっすよ」
朝男　「お前だろ?」
翔太　「すいません。気をつけます」

と、翔太が謝るために隣の会員の方を向いた瞬間、

朝男「…」

朝男はそれまでの笑顔が消え、顔の筋肉が弛緩したえもいわれぬ表情になる。

朝男、翔太がこちらを向くと、すぐに笑顔に戻る。

翔太「じゃあ、残りあと50回でどうでしょう?」

朝男「鬼だなぁ」

翔太「はい、1・2…」

21 キウンクエ蔵前・101号室・久住の部屋・洗面所(夜)

久住が歯を磨いていると、外から音が聞こえる。

耳を澄ますと、怒鳴り声のようだ。

久住「…?」

いったん音が止んだかと思うと、インターホンが鳴る。

22　同・101号室・久住の部屋前

久住が慌てて玄関のドアを開ける。
と、立っていたのは藤井だ。

久住「はい…あれ？　あっ、どうかしましたか？」

藤井、無言でノートを差し出す。誰かの文字で【あなたの番です】と書かれている。

藤井「書けよ」

久住「えっ？　なにを？」

久住、104号室のドアの隙間から洋子がこちらを覗《うかが》っているのに気付く。洋子も書かされたのだろう。

藤井「〝あなたの番です〟って書くんだよ！　ほら」

久住「あぁ、はい（と書く）」

藤井、脅迫状を取り出し、久住の筆跡と見比べる。

藤井「違うかー！」

久住「どうしたんですか、藤井さん」

藤井「（唐突に泣き出し）なんだよぉ、もうじゃあ誰だよぉ」

久住　「藤井さん？」

藤井　「ヤダよぉ、もう、こんなの…。俺もう全部屋回るのかよぉ！　俺、変な人だと思われちゃうよぉ。（妙な節をつけて歌いだし）♪へーんな♪ひーとだと♪おーもわれちゃうっ！」

久住　「あっ、あの…大丈夫ですか？」

藤井　「大丈夫じゃないよ！　見るからに変だろ、俺！　今ー！」

久住　「いやいや、落ち着いてください、とりあえず中で話しましょう」

藤井　「（すがるように）…いいの？」

久住　「（やっぱり怖くなって）あっ、あの…まずはここで話しましょう」

藤井　「嫌かぁ！　変な人、部屋に入れんのは嫌かぁ！」

久住　「そういうことじゃなくて、あの…」

藤井、その場でしゃがみこんでしまう。

藤井　「…久住君さぁ。タナカマサオって知ってる？」

久住　「えっ？」

藤井　「知らないならいいや…」

藤井、立ち上がって去っていく。

久住　「あ…（藤井の背中を不安そうに見ている）」

23　ブータン料理店・ホール

藤井が1人で飲んでいる。
別のテーブルに肉体労働者風の男が2人。
店長が、厨房からシンイーを手招きしている。

24　同・厨房

シンイー、厨房に入ってきて、

シンイー「なんすか？　ドルジさん」
店長「次の定休日、何してるの？」
シンイー「学校っす」
店長「あー、そっかそっか、勉強熱心で尊敬しちゃうよぉ」
シンイー「（笑顔で照れる）」
店長「そういや、DVDデッキ直ったの？　あれだったら、ウチに観に来る？」
シンイー「（固い笑顔になり）…直らなかったから、ブルーレイ買った。フンパツ！」

店長「あっ、俺もクッション買ったんだよ。高っいやつ！　あれだったら、ウチに触りに来る?」

シンイー「クッションはウチにもあるけどなぁ…」

店長「まぁまぁ、1回触りに来なって。いつでも入っていいから（と合鍵を出す）」

シンイー「え?」

店長「合鍵渡しておく」

シンイー「いらないいらない」

店長「でも、一緒に住んでるお友達は連れてきちゃダメだよぉ?」

シンイー「…」

25　同・ホール

藤井が肉体労働者風の客に話しかけている。

藤井「…あの、すいません、お名前聞いてもいいですか?」

労働者1「はい?」

藤井「もしも、タナカマサオさんだったら、殺しちゃうかもですけど、あなた、お名前は?」

労働者1「何を言っとんねん」

藤井「いや、名前を教えて…」

労働者1、ムッとして立ち上がろうとするが、労働者2が「ほっとけ」という感じで制する。

久住(声)「藤井さん…藤井さん！」

と、呼ぶ声がして、顔を上げると、菜奈と早苗と久住が立っていた。3人は一連の様子を見ていた。

26 キウンクエ蔵前・302号室

翔太が帰宅してきた。

翔太「ただいまー」

と、またメモが…。

【早苗さんとお夕飯を食べてきます。ごめん】

翔太「…?」

27　ブータン料理店・ホール

菜奈、早苗、久住、藤井が座って話している。
労働者2人は帰った後だ。
テーブルの上には【タナカマサオ】の紙。

藤井「…だから、知ってるかなぁと思って聞いただけだよ」
早苗「知ってたらどうするつもりだったんですか？」
藤井「どうするって、タナカってのは、誰かが殺したいほど恨んでるやつなんだから、どんな顔か、見てみたいじゃん」
久住「それだけですか？」
藤井「…もちろん」
3人、顔を見合わせて、誰が言うべきかさぐり合う。
藤井、水を注ぎに来たシンイーに紙を見せて、
藤井「シンイーちゃんはさ、タナカマサオって知ってる？」
シンイー「日本人の友達いないっちゃ」
藤井「『いないっちゃ』あっ、そう。かわいいねぇ。なんで中国人なのにブータン料

理屋で働いてるの？」

シンイー「イタリアンで働いてる日本人もいるだろうが」

藤井「チッ、かわいくねぇな」

シンイーが去ると、菜奈が口を開き、

菜奈「…今度は自分が殺さなきゃいけない番だとか、思ってませんよね？」

藤井「んなわけねーだろ」

菜奈「誰かに脅されてるって聞いたので、心配してます」

藤井「お前らじゃねぇだろうな」

菜奈「まさか…」

藤井「山際を殺した犯人は、絶対マンション内の誰かだ」

菜奈「…どうして、そう思うんですか？」

藤井「…」

×　×　×

[回想 ＃2 S43]

乾燥機の中の生首。

×　×　×

藤井「…あんたらのことも信用してねぇから言いたくないわ」

そう言って、紙をポケットにしまう藤井。
3人、話が行き詰まり、顔を見合わせて困る。

28　キウンクエ蔵前・103号室・淳一郎の部屋（日替わり・朝）

淳一郎が三脚の上にカメラを立て、カーテンの隙間から外を撮影しようとしている。
君子が目を覚まし、居間にやってくる。

君子「…おはよう」
淳一郎「うん」
君子「…買ったの？」
机の上に、様々なカメラが置かれている。
淳一郎「今はいろんなタイプがあるんだな」
君子「なんのために、こんなに…」
淳一郎「説明が必要か？」
君子「はい…できれば」
淳一郎「世直しのためだ」

君子　「説明になってませんよ」

淳一郎　「今、このマンションは不穏な空気に包まれている。そのことが住民達の疑心暗鬼を煽っている。見過ごせない」

君子　「だからってなにもあなたが…」

淳一郎　「俺がやらなくたっていいことは、俺がやったっていいことだろう?」

君子　「詭弁《きべん》です」

淳一郎　「悪い結果が想像できるのに、黙って見過ごすのは、もうコリゴリなんだ」

君子　「もう…。銀行員時代のことは忘れましょうよ」

淳一郎　「…」

29　同・様々な場所（夜）

マンション内の様々な場所に淳一郎が監視カメラを、他の住人にばれないように設置している。

淳一郎（声）「まず何が起きているのか把握する。それを元に分析、対応策を練り、解決する」

全てのカメラを仕込み終わった淳一郎は、妙な達成感からか、爽やかな笑顔である。

30　同・敷地内入口（日替わり・夕）

美里・幸子なにやら揉めている。幸子、車椅子で1人で買い物に行こうとしている。そこへ仕事から帰ってきた吾朗が現れ、

吾朗　「なに？　なに？」

幸子　「…買い物は私が行きますから」

美里　「迷惑かけたくないから、これからは自分で行きます」

イクバルや妹尾も声を聞きつけ、現れる。

吾朗　「…なにがあったの？」

そこへ、江藤、黒島もやってきて、様子を覗《うかが》う。

幸子　「夕飯のオカズのことでちょっと」

吾朗　「（美里に）食いたいって言うもの、食わせてやれよ」

美里　「いえ…」

幸子　「違うの。私が食べたいって言ったメンチカツをね、美里さんはちゃんと用意してくれたの」

吾朗　「いやいや、メンチカツはダメだろ」

幸子　「そう、お医者さまから揚げ物はダメって強く言われてます」
吾朗　「お前、なにやってんだよ」
美里　「お母さんがどうしてもって言うから…」
吾朗　「（幸子に）そうなの？」
幸子　「ごめんなさい。私がわがままでした。年取ると、できないことが増えてくばっかりだから、せめて、あれ食べたいなぁ、これしたいなぁって、言葉にして紛らわせてるの。それを美里さんは真に受けちゃったのね」
吾朗　「（美里に責めるようなため息）」
美里　「…」
幸子　「しかも、こんなワラジみたいなメンチカツが出てきちゃって、もうそれ見てしまったら、食べられない身体になっちゃった自分が情けなくて情けなくて…（静かに泣き出す）」
吾朗　「わかった、お母さん。わかったよ。年寄り泣かせて楽しいか？　お前は」
美里　「楽しいわけないでしょ」
吾朗　「せめて一口サイズにするとかさぁ、よりによってワラジはないだろう。それかコロッケとか…それもオカラの」
美里　「（プチンと切れて日本兵のように）今日は朝から一日中！！！」

吾朗「え？」
美里「あなたのお母さんは絶え間なく！！！　メンチカツメンチカツメンチカツメンチカツメンチカツメンチカツ…と！　唱え続けておりましたぁー！」
吾朗「どうした？」
美里「私はこのメンチカツ念仏が止むならもうなんでもいいと、必死でワラジ大のメンチカツを出しましたぁ！　その時の私の気持ちを少しでも想像できるでしょうかぁ!?」
吾朗「（一瞬理解を示したように見えたが）…大声出すなよ、みっともない」
美里「（絶句）」
幸子「（こっそりほくそえむ）」
美里「…至らなくて、すいません。なにかほかのもの買ってきます…」
美里、小走りで買い物へ行った。
すれ違うように自転車に乗った早苗がやってきて、走り去っていく美里を見る。

31　同・302号室（夜）

菜奈と翔太が夕食後のひとときを過ごしている。

翔太はミステリー漫画を読んでいる。

菜奈も小説を開いてはいるが、実際は携帯で【タナカマサオ】を田中正夫、田中昌夫、田仲正男など、漢字を変えながら検索している。

菜奈「…」

翔太「ねぇ、菜奈ちゃんさ、今度の週末、どっか遊びに行く?」

菜奈「(検索に夢中で気のない返事)…なんで?」

翔太「引っ越してきてからさ、どっこも出かけてないじゃん」

菜奈「いろいろあったからね、そんな気分じゃないよ」

翔太「いろいろあったからこそ、気分転換なんじゃないの?」

菜奈「うん…、考えておく(再び検索を始める)」

翔太「じゃあ、せめてさ、区役所行こうよ」

菜奈「…」

翔太「婚姻届。出そう、いい加減。これは菜奈ちゃんの方から言って欲しかったよ」

菜奈「ごめん。それこそ、そんな気分じゃなかった」

翔太「わかった…。じゃあ、出かけなくてもできることとする?」

菜奈「なに?」

翔太「一緒にお風呂に入ろう」

菜奈「そういうこと?」

翔太「(犬のようにうなずく)」

菜奈「今から?」

翔太「(犬のようにうなずく)」

菜奈「急だよ」

翔太「急にしたくなったんだもん」

菜奈「ちょっとすることあるし」

翔太「えー? だって、菜奈ちゃんさ最近、夜もずっと出かけてるじゃーん」

菜奈「ずっとじゃないよ。うーん、2回くらいでしょ?」

翔太「えー?」

菜奈「よし、わかった。えー、じゃあ、日にちを決めとこう」

翔太「なにそれ…」

菜奈「そしたら予定入れないようにするし、昼間、疲れ過ぎないようにしておくから」

翔太「いや、そんな激しいことしたいわけじゃないしさ。そもそも、予定入れてする、みたいなの…嫌だもん。そういうのはさ、なんかお互いの気持ちがこうピタピタってなった時に、身体もピタってなればいいんじゃないの?」

菜奈「フフ…。そんな女の子みたいなこと言わないでよ」

翔太「…わかった」

翔太、黙って立ち上がり、冷蔵庫からレタスを取り出し、丸ごと水洗い。

翔太「満たされない欲求を、食欲に置き換えることによって満たす！」

と、そのままレタスにかぶりつく。シャキリという音。飛び散る水しぶき。

翔太「見てて。俺がレタスを食べてるとこちゃんと見てて。自分が愛されてるんだなって思いながら見ててください！」

菜奈、呆《あき》れつつも、笑って見ていたが、

菜奈「（男らしく）よし、おいで！」

翔太「んー！」

翔太、子犬のように駆け寄る。

菜奈、笑って受け止め子犬にするようにキスをする。

32　同・302号室前（日替わり・朝）

ドアを開け、翔太が出勤していく。

その様子を見ている謎の視点。

301号室のドアの隙間から、尾野が見ているのだ。

33　駅前の道

翔太が鼻歌を歌いながら出勤中。と、後ろから尾野がやって来て、

尾野「翔太さん！」

翔太「おっ！　おー、尾野ちゃん、おはよう」

尾野「なんかご機嫌ですね」

翔太「わかる？」

尾野「もしかして、私から、なにかもらうの予想してました？」

翔太「ん？　え？　なんだろ？」

尾野、おもむろに自分のバッグからなにかを取り出そうとする。通行人のじゃまになっていたので翔太が尾野を端に促す。

翔太「あっ、尾野ちゃん、尾野ちゃん…ちょちょちょ…」

尾野、雷おこしの入った包みを渡す。

尾野「雷おこしです、手作りの。お米も油も水飴も全部オーガニックのものだけで作ってますから」

翔太「雷おこしって、手作りできるんだね」

尾野「今度、感想聞かせてくださいね。じゃ、今日は急ぐんで」
と、あざとく笑って手を振ると、走り去っていく。
翔太、尾野のあざとさには全く気付かず、手を振る。

34　藤井の病院・診察室

藤井が診察の休憩時間に週刊誌を読んでいる。
【Dr.山際殺害犯、いまだ捕まらず】の記事。
藤井「…」
と携帯に着信が。
知らないアドレスからの添付ファイル付きメール。
だが、タイトルに【あなたの番です】とあり、恐る恐る開くしかない藤井。
それは音声ファイルだった。
藤井(声)「山際は大学の時の同級生なんです」
藤井「…!?」
慌てて再生を止める藤井。

35　同・バックヤード

ひとけのない場所へ移動してきた藤井。改めてファイルを再生する。

藤井（声）「山際は大学の時の同級生なんです。昔っから嫌いで嫌いで、首引っこ抜いてやろうとか、何度思ったことか」

藤井「誰か、録音してやがった…」

と、さらに添付ファイルが送られてくる。

開いてみると今度は動画だった。

×　　×　　×

［添付ファイルの動画］

以降、動画を見ている藤井の顔と適宜カットバック。

アプリで加工された謎の人物。手袋をしている。

謎の人物「…どうも藤井淳史さん。こちらに、見覚えありますか？」

謎の人物、バスタオルを取り出す。

謎の人物「あなたのバスタオルです。ここから、あなたと、そして山際祐太郎のＤＮＡが検出されるでしょう」

藤井　「…」

×　×　×

[回想 ＃2 S43]

乾燥機の中、バスタオルにくるまれた山際の生首。

×　×　×

謎の人物「こちらと、先ほどの音声データがあれば、あなたは殺人犯確定ですね」
藤井「ざけんな…！」
謎の人物「でも、あなたが、ルール通り行動すれば、どちらも私が責任持って処分致します」
藤井「…」
謎の人物「さぁ、あなたの番ですよ！」
藤井「やるわけねぇだろ！」
藤井、思わず携帯をたたきつけようとして、とどまる。
藤井「くっ…。大体…、やる相手がどこにいるかわかんないだよ…」
と、そこへ桜木がやってきて、
桜木「（激怒）患者さん待ってますよ。なにしてんですか？」
藤井「うるせーな！　今行くよ！！」
桜木「…ダメだこいつ。殺してぇ」

36　同・診察室

慌ただしく戻ってきた藤井と桜木。

桜木「次の方、すぐ呼び込みますからね」

藤井「はい、お願いします」

桜木「214番、田中さん、田中政雄さーん」

藤井「タナカ…マサオ?」

藤井、診察室のドアを凝視。

と、店長が入ってくる。

藤井「えっ!」

店長「(急にコテコテの関西弁で)あれ? あんた、医者やったんかいな?」

藤井「はっ! ブータン料理屋の?」

店長「店長のドルジですぅ。毎度!」

藤井、問診表を見る。【田中政雄(タナカマサオ)】と書いてある。

藤井「田中……」

店長「あぁすんません、俺、実はドルジちゃいますねん」

藤井「どういうことですか？」
店長「こんなコテコテの大阪のオッサンがブータン料理屋て、流行らへんやろ？　せやから、ブータン人のふりしてますねん。『いらっしゃいませー』言うて」
藤井「…じゃあ、（声が震え出す）あなたがタナカマサオさん？」
店長「ハイ！　ハハハ…」
藤井、問診票を持つ手が異常に震えている。

37　ブータン料理店・前の路上（夜）

藤井が物陰に立っている。視線の先にはブータン料理店。
と、看板の電気が消え、手に包帯をした店長が出てきて立て看板をしまう。
藤井「…」

38　同・ホール

すでに着替え終わったシンイーが、
シンイー「お先に失礼しまーす」

店長　「（カタコトで）帰るの？」
　と言いながらシンイーの腕を掴む。
シンイー「…予定があるんで」
店長　「（急に関西弁で）せやから、うちでＤＶＤ観ようや？」
シンイー「待ち合わせしてんのさ」
店長　「不法滞在のお友達と？」
シンイー「…」
店長　「お友達のこと通報されたくなかったら、うちでＤＶＤ観ようやぁ」
シンイー「おい、卑怯だぞ？」
店長　「卑怯ちゃうって。一緒にフッカフカのクッションでＤＶＤ観たいだけやん。わかるやろ、俺の気持ちぃ（とお尻に手を伸ばす）」
シンイー「わぁ…あぁ！（手を払って）慌てるヒツジは貰いが少ないって言うだろがっ！」
　シンイー、逃げるように店を出ていく。
　店長、舌打ちをした後、ビール瓶を取り出し、１人、店内で飲み出す。

39　同・前の路上

路上から藤井の姿が消えている。

40　同・裏口

藤井、店の裏口に回り込み、そっと中へ入る。

41　同・厨房～ホール

藤井、厨房から店内を見る。
店長が、目を閉じ、自分で肩を揉んでいる。
藤井「…」
藤井、厨房に目を走らす。包丁立てに並んだ包丁が目に入る。
ゆっくりと一本を手に取り、店長の方を見る。いつのまにか汗だくの藤井。
店長、おしぼりを目にのせ、ウトウトしだす。

藤井、一瞬殺意に満ちた目をするが、すぐに怯えた表情になり、吐き気をもよおして、流しへ向かう。と、その時、油のアルミ缶の空き缶を蹴り、大きな音を立ててしまう。藤井、身を固めるが、そーっと顔を上げると、店長は全く気付かず、本格的に寝入ったようだ。

藤井「…」

藤井、再び、包丁を握る。

42　キウンクエ蔵前・302号室・菜奈の書斎

菜奈が考えごとをしている。

郵便物などの束の中から、そば屋の出前メニューのチラシを取り、裏にメモを書き始める。

菜奈「…」

43　同・203号室・シンイーの部屋

シンイーがクオンと一緒に部屋に帰ってくる。

シンイー「ただいまなのだぁ」
イクバル「あれ？　またデートだったのか」
クオン「あぁ、バイト終わり、待ち合わせただけだよ」
シンイー「ご飯も食べたけど」
イクバル「たまには俺のことも誘ってくれていいぞ？」
シンイー・クオン「…（聞こえないふり）」
イクバル「（傷ついて）…話題を変えていいか？」
シンイー「話題を変えていいぞ」
イクバル「４０３号室のフジイは知り合いか？」
シンイー「藤井がなに？」
イクバル「フジイが来て、〝シンイーと店長が仲良いのか？〟と聞かれたよ」
シンイー「…それ何時の話？」

44　ブータン料理店／２０３号室（適宜カットバック）

店の電話が鳴っている。
床に倒れている店長。電話が留守電に切り替わる。

シンイー「(留守電に) 店長ぉぉ!! ドルジさーーーーん!! タナカマサオォォォォォ! 店長! 店長! ドルジさん! 田中政雄! 田中政雄!」

店長、すでに切り殺されている…、かと思いきや、目を覚ます。

寝ていただけだ。

店長、電話(子機)に出て、

店長「なんや、シンイー。えらい慌てとるな」

203号室で、シンイーが電話している。

シンイー「生きてるか?」

店長「生きてるで〜、バリバリ生きてるで〜」

シンイー「よかったー…あの、今、お店に1人なのか?」

店長、何かを探し、子機を持ったまま厨房へ。

厨房には包丁を持った藤井が……、いない。

店長「1人やで。なんや、考えは決まったんか?」

店長、タバコを見つけ、中からライターを取り出す。

シンイー「早く家に帰るべし!」

店長、火をつけようとして、子機を持ち直し、

店長「そうか、家まで来るか。やっぱり合鍵持っててくれたらよかったやん。まぁ、

これでお友達も安泰やし、万々歳…」

と、ふと目線を落とした先、包丁立ての包丁が、一本なくなっていることに気づく。


店長「…え？　…そんなん関係ないって。めっちゃタイプやねんもん。しゃあないやろ」

が、特に気にせず、ライターで火を点けようとする。

オイル切れなのか、なかなか点かない。

ガスのゴム管が、包丁で切られていて、勢いよくガスが漏れている。

店長、何度もライターを点けようとする。

店長「何、言うてんねん…。シンイーが俺のハートに火ぃ点けたんやがな」
と言いながら火を点ける。

45　キウンクエ蔵前・203号室・シンイーの部屋

シンイーの持つ携帯から、ものすごい爆発音が聞こえる。

シンイー「…!?」
そして電話は切れる。

46　ブータン料理店・前の路上

燃える店。

47　キウンクエ蔵前・302号室

リビングで翔太が風呂上がりに筋トレをしている。
一方、書斎では菜奈がメモを見ている。
以下のことが図解でわかりやすく書かれている。
×管理人さん　⟵　自殺？　犯人？
×山際祐太郎　⟵　「管理人さん」と書いた人？
　　　　　　　　　　←脅迫
　タナカマサオ⟵「山際祐太郎」と書いた藤井さん？

菜奈「…」
翔太「菜奈ちゃーん。一緒に体幹鍛えようよぉー」
遠くにサイレンの音が聞こえる…。

48　同・103号室・淳一郎の部屋

淳一郎が日中に録画したデータを見ている。
それはS30の続き。
走り去る美里。
吾朗が追って敷地外へ。
早苗は自転車で敷地内へ去っていく。
幸子、1人で車椅子で部屋に戻ろうとして、排水溝にはまり、転倒。

淳一郎「…」

イクバル、江藤、妹尾が慌てて助け、江藤が幸子をおんぶする。
黒島、車椅子を押して、江藤達についていく。

淳一郎「…」

淳一郎、特に不審な点はないと思ったのか、別のカメラのデータを確認し始める。

淳一郎「…!?」

と、すぐに身を乗り出して、画面を注視する。
淳一郎、怒りの表情…。

49　同・203号室・シンイーの部屋（翌朝）

シンイーがやつれた様子でソファで横になっている。
じょうろを持ったイクバルが、慌てた様子でベランダからリビングへ。

イクバル「シンイー！　シンイー、ちょっと来て！　早く！　早く早く！」

シンイー「？」

シンイー、ベランダに出る。

イクバル「これ見て」

シンイー「何？」

植木鉢の土に、ブータン料理店の包丁が刺さっている。

シンイー「！！……这是什么《チァンシーシェンムア》（なにこれ）…」

刃に【…です】という文字が書かれている。
が、上下逆になっているのですぐには認識できない。
シンイー、ゆっくり包丁を引き抜く。
刃には先端の方から縦に【あなたの番です】と書かれていた…。

【＃4に続く】

あなたの番です

第4話

#4

1　前回の振り返り

[回想 ♯1 S25]

住民一同が紙に名前を書いたり、缶に入れた紙を引いたりしている。

菜奈(N)「ささいな会話から、死んで欲しい、殺したい人の名前を紙に書いて、教え合うなんていう、悪趣味なゲームをしたせいで…」

× × ×

[回想 ♯1 S41]

床島「うわぁ…。うわぁぁぁぁぁぁぁぁぁぁぁぁぁぁ!」

床島、落ちていき、死んでいる。

[回想 ♯2 S19]

藤井「私が書いたのは山際祐太郎ですからね」

菜奈(N)「殺されたかもしれない人が2人……」

× × ×

[回想 ♯2 S43]

乾燥機の中に山際の生首。

藤井「はぁー!!　あっ！　ハァ、ハァ…！」

×　×　×

［回想 ♯2 S35］

シンイー「殺してもらったら、自分も殺すのがルールって言ってたぞ」

藤井「そんなルールないよ」

×　×　×

［回想 ♯2 S40］

封筒の中から、【あなたの番です】と書かれた記事。

×　×　×

藤井「うわ！」

×　×　×

［回想 ♯3 S16］

早苗「藤井さんのところに脅迫文が届いてるんです」

×　×　×

［回想 ♯3 S35］

藤井が動画ファイルを見ている。

謎の人物「どうも、藤井淳史さん。あなたの番ですよ！」

×　×　×

［回想 ♯2 S36］

菜奈（N）「そして、その後にもう1人……」

藤井、紙をそっと開く。紙には【タナカマサオ】と書かれている。

藤井「…誰なんだよ」

× × ×

［回想 ♯3 S36］

桜木「214番、田中さん、田中政雄さーん」

藤井「ブータン料理屋の？」

店長「ドルジちゃいますねん」

藤井「（声が震え出す）あなたがタナカマサオさん？」

× × ×

［回想 ♯3 S44］

店長、ライターに火を点けようとする。爆発音。

× × ×

［回想 ♯3 S46］

燃えるブータン料理店。

菜奈（N）「これで終わりなのか、まだ誰か死ぬのか、私には想像がつきませんでした」

2　藤井の病院・診察室

藤井が、ＰＣで爆発事故のネット記事を食い入るように見ている。
『(見出し)ブータン料理店で爆発事故　１人の遺体見つかる　ガス漏れが原因か』
『焼け跡から店長の田中政雄さん（48）が遺体で発見されました』

藤井「…」
桜木「田中政雄さんって、この前の患者さんですか？」
桜木、後ろからぬっと顔を出してＰＣを覗き込んでいる。
藤井「もーう！　覗かないでくれる⁉」
桜木「またいやらしい動画を見ていないのかの確認です。ウィルスに感染して大変だったでしょ？」
藤井「…」

3　キウンクエ蔵前・402号室・早苗の部屋前

菜奈と久住が玄関前で早苗を待っている。

早苗、ドアを開ける。チェーンがかかっていることに気付き（※家の中に絶対人を入れたくない）、自然な様子でチェーンをはずして、外に出てくる。

×　×　×

早苗「本当に？」
久住「はい、タナカマサオって名前の日本人でした、あの店長」
早苗「それって…。藤井さんが殺した可能性があるってこと…？」
菜奈「ガス漏れしてたのは確かで、爆発事故ってことになってるみたいだけど」
早苗「ハァ…よかった。…って言っていいかわからないけど。あのゲームのせいではないってことですよね」
久住「いや、でも管理人さんもDr.山際も店長も、全員、ゲームで名前を書かれた人ですよ。不自然すぎません？」
菜奈「私もそう思います…。ちょっとこれ書いてみたんですけど」
菜奈、例のメモを見せる。
前回から追記があり、交換殺人を想起させやすい図になっている。

×管理人さん　←自殺×　犯人？　犯人A

×山際祐太郎　←「管理人さん」と書いた人？　犯人B

←脅迫

×タナカマサオ←―「山際祐太郎」と書いた 藤井さん？

菜奈「（表を示しながら）…仮に、管理人さんが自殺ではなく、住人の誰かに殺されたとして」

早苗・久住「…」

菜奈「もしかして、殺してもらった人が殺すっていう順番になってるんじゃないかと思って」

早苗「…どういうこと？」

菜奈「前に藤井さん言ってたじゃないですか」

× × ×

［回想 ＃2 S21］

藤井「死んで欲しいと思ってる人を殺してもらったんだから、その人も自分が引いた紙に書いてある人物を殺さなきゃルール違反になりますよ？」

× × ×

早苗「あれは冗談でしょ？」

菜奈「でも、実際に藤井さんが紙に書いたDr.山際が殺された後」

× × ×

［回想 ♯2 S42］

藤井【あなたの番です】と書かれた脅迫文を早苗に見せている。

菜奈（声）「〝次はあなたの番〟って藤井さん誰かに脅迫されてたわけでしょ？」

×　×　×

菜奈「だとすると、（表を指して）この〝犯人B〟に当てはまる人も、犯人Aから脅迫されてた可能性があるんじゃないかと思って」

久住「本当に交換殺人になっちゃってるじゃないですか」

菜奈「まさかとは思いますけど、でもあまりにも偶然が続くので」

久住「えっと…、あの時、13人…、13人で紙を交換しました。手塚さんの言う通りなら、あと10人死ぬ可能性があるってことじゃないですか？」

菜奈・早苗「…」

4　同・203号室・シンイーの部屋

シンイーが、【あなたの番です】と書かれた包丁を前にイクバルとクオンに話をしている。

クオン「…それで、店長の名前書いちゃったの？」

シンイー「（頷いて）だって、まさか本当に殺すなんて…」

泣き出すシンイー。

イクバル、そっと抱きしめようとするが、シンイーはクオンの胸に飛び込み泣き続ける。

シンイー「…しかも、殺してもらった人には、次はお前が殺す番だって、怖い手紙が届くって言ってたよお」

イクバル「（包丁を見て）これか…」

クオン「警察に…」

シンイー「できない。しない！　警察はダメっちゃ」

クオン「俺がビザ切れてるから？」

シンイー「クオンだけじゃないよ…」

シンイー、隣の部屋の扉を開ける。

中でイクバル2、3、4が三段ベッドで寝ている。

シンイー「みんなのためにも警察にはお近づきになりたくないべ」

イクバル・クオン「…」

イクバル「ちょっと待て。シンイーが店長って書いたのはわかった。で、君が引いた紙もあるんだろ？　それになんて書いてあったんだ？」

シンイー、机の引き出しから紙を取り出して見せる。
画面には映らない。

クオン「…あぁ、あいつか」
イクバル「知り合い？」
クオン「ほら、ちょっと前に…」
クオンが説明している声は選挙カーの音にかき消されて聞こえない。

5 同・4階エレベーターホール

菜奈と久住がエレベーターを待っている。

菜奈「あの…」
久住「はい？」
菜奈「ごめんなさい、またちょっと怖いこと思いついちゃって」
久住「なんですか？」
菜奈「紙に書かれた人が身近な人とは限らないですよね？」
久住「たしかに」
菜奈「もしかしたら、もうとっくにどこかで殺されてるかもしれないって…」

久住　「…悪い方に考え出したらキリがないので、やめましょう」
菜奈　「…」
と、エレベーターが開く。
久住に促され、先に乗り込む菜奈。
その時、久住が微かに笑ったように見えた…。

タイトル
『あなたの番です』

6　キウンクエ蔵前・302号室（夜）
菜奈が洗濯カゴを持って洗面所から出てくる。
菜奈　「靴下裏返してからカゴに入れてよ」
翔太、背中を向けて黙っている。
菜奈　「…聞いてる？」

翔太、振り向くと、すでに推理モードの顔だ。

翔太「承知致しました、名探偵」

菜奈「…その呼び方やめて」

翔太「例のブータン料理屋の爆発事故だけどね」

菜奈「…うん」

翔太「果たして本当に事故だったのか」

菜奈「ガス爆発だって」

翔太「では、我々の身のまわりで人が立て続けに死んでいることはお気づきか？」

菜奈「…」

翔太「さて、この事実が示すものは何か。はい、オランウータンタイムでーす！」

菜奈「…（無意識で手を組みつつ）わかりません」

翔太「…お答えしましょう！　それは我々が名探偵の域に達したということです！」

菜奈「え？」

翔太「いや、ほら、名探偵ってさぁ、行く先々で殺人事件が起きるじゃない。だから俺達も名探偵になった気がしない？」

菜奈、深く暗いため息をついて、

菜奈「…それって、楽しい？」

翔太　「ん？」
菜奈　「身近でどんどん人が死んでいくの、楽しい？」
翔太　「菜奈ちゃん、ずっと元気ないからさ、こういう言い方したら、少しは気持ちが落ち着くかなって…」
菜奈　「…」
翔太　「ああ…励まし方間違えた。ごめん」
菜奈　「ううん、ありがとう。…でも、靴下を裏返してカゴに入れてくれた方がよっぽど元気になるよ」
翔太　「…ちゃんとやる」
菜奈　「（うなずいて納得したようで）…ちゃんとやるって前にも言ったよ」
翔太　「うん、やる。今度こそ」
菜奈　「靴下脱いだ時に、自然と裏返ったりしない？」
翔太　「わかったよ。やるよ。うるさいな」
菜奈　「やれてないから言ってんでしょ」
翔太　「…♪駐車場のネコは…」
菜奈　「都合が悪くなったら夏色歌うのやめて」
翔太　「…ごめん」

菜奈　「…（なかなかに不機嫌）」
翔太　「…」

7　スポーツジム（日替わり）

翔太が朝男とトレーニングしている。
翔太　「（弱々しい声で）…9、はい、次ラストでーす、…10、…はい、頑張りましたぁ。手離していいですよー。はい」
朝男、マシンを止めて、
朝男　「（優しく）どうした？」
翔太　「元気が…ないんです」
朝男　「だろうね」
翔太　「何か妻が変なんですよ、最近。遠く感じるっていうか」
朝男　「…だからって、そんな顔で仕事しちゃダメだよ」
翔太　「さっきの会員さんには明るく指導できたんですけど…」
朝男　「（笑って）まあ、俺の前では弱音吐いてもいいけどさ」
翔太　「すいません」

朝男　「で、なに、奥さん、どんな感じなのよ。聞かせて?」
翔太　「話すとびっくりしますよ?」
朝男　「いいよ」
翔太　「まず、まあ、すごいことがうちのマンションまわりで起こってるんですよ」
朝男　「うん」
朝男、話し続ける翔太を笑顔で見守る。

8　同・更衣室

トレーニング後の朝男が更衣室で着替えている。
ガタイのいい会員が、通り過ぎる際に朝男の鞄を蹴ってしまう。
会員　「あっ、すいません」
朝男、会員の持っている鞄を蹴り上げる。
朝男　「…大丈夫ですよ。これでおあいこなので」
朝男、何事もなかったように着替える。
会員　「…」

9　とある公園

美里がベンチの端に座っている。
反対側の端のあたりで、車椅子に乗った幸子。
幸子の車椅子にはラジオがぶらさがっており、澄香の声が流れている。
知人が挨拶しながら通りすぎていく。

知人「今日も仲良しさん」
美里と幸子、笑顔で会釈するが、知人が去ると真顔に戻る。

幸子「…美里さん」
美里「はい」
幸子「…あなた、よかったわね」
美里「…はい？」
幸子「私の介護ができて。まわりからいいお嫁さんに見えるものね。介護してなかったら、あなたなんて何の価値もない、大きいだけの女だからね」
美里「…ありがとうございます」
幸子「お礼の言い方に、スナック時代の癖が出てる」

美里　「…（立ち上がって、言い直し）ありがとうございます！」
幸子　「（美里を見上げて）頭を使わないと、栄養が体にいっちゃうのねぇ」
美里　「…」

10　キウンクエ蔵前・駐車場

そらが真っ暗な駐車場で１人、遊んでいる。そこへ佳世が通りかかり、

佳世　「そら君？」
そら　「…」
佳世　「お母さんは？　また帰ってきてないの？」
そら　「（うなずく）」
佳世　「…夕飯は？　うちで食べていく？」
そら　「…大丈夫です」
そら、去りかける。と、佳世、そらの腕をギュッとつかむ。
佳世　「…食べていかない？」
そら、なんとかふりほどいて、逃げるように去る。
佳世　「…」

11　同・前の路上

水城、神谷が並んで歩いている。

神谷「ここです」
水城「…ここ、管理人の飛び降りがあったマンションだろ?」
神谷「そうですよ」
水城「…塩、取ってくる（と引き返そうとする）」
神谷「（腕をつかんで）時間ないっすから」

12　同・403号室・藤井の部屋・玄関

水城と神谷が、玄関で藤井と話している。
水城は怖がっている。

藤井「…確かにあの店の常連だったとは思いますが…」
神谷「なんか最近変わったこととかありました?　店員の女の子に聞いても、よく覚えてないって言うんで」

藤井「…へぇー…」

神谷「日本語も全く喋れない子で、苦労しましたよ」

藤井「全く、ですか…。（シンイーの意図を推測している）」

神谷「何か？」

藤井、シンイーは何も喋る気がないと確信して、堂々と嘘をつく。

藤井「そういえば、こないだうちの病院にきた時に、お店のバーナーが故障して困ってるとか言ってましたねぇ。その後行ったら、確かに少しガス臭くて」

神谷「なるほど。（何気なく部屋の奥を見つつ）あっ、ちなみにここにはお1人でお住まいですか？」

藤井がさりげなく移動して、神谷の視界を遮る。

藤井「はい、独身です」

神谷「…？（藤井の態度に引っかかる）」

水城「（そそくさと）ありがとうございます。帰るぞ」

神谷「すいませんね、お休みの日に」

去っていく刑事の背中を見ている藤井。

藤井「…」

13　同・管理人室前

神谷が管理人室の中を窓から覗いている。

水城「なにしてんだよ！　帰ろうぜ！」

神谷「例の飛び降りた管理人が使ってた部屋です」

水城「わかってるよ！　罰当たるぞ！」

神谷「爆発したブータン料理店の従業員もここに住んでいます。で、さっきの常連客も、ここに住んでいる、と」

水城「完全に祟りだな、早く逃げよう。さっきの部屋も何か嫌だったし」

神谷、なにかに気付く。

神谷「…あっ、もう1人、忘れてました」

水城「なに？」

神谷「あの人もここに住んでいます」

神谷の視線の先には、買い物帰りの早苗と正志がいる。

水城「…榎本か」

神谷「生活安全課の課長ですよね？」

水城「あっちから行くぞ。あの辺の連中の揉《も》めごとには巻き込まれたくないんだわ」

水城、去っていく。

神谷も去りかけて、視線を感じる。

ふとみると、物陰から西村がこちらを見ていた。

西村「…」

神谷、やや気になるが、そのまま去っていく。

14 同・地下会議スペース

菜奈、早苗、久住がヒソヒソと話している。

住民会の始まる前の時間。

ホワイトボードに「定例住民会」と書かれている。

離れた場所に美里と澄香がいる。

菜奈「…刑事?」

早苗「うちの人は気付かないふりしたらしいんだけど、管理人室の前に来てたって」

菜奈「じゃあ、やっぱり自殺じゃなかったってこと?」

早苗「さぁ…、(久住に)どう思います?」

久住　「どうせならさっさと警察が解決してくれればいいのに。なんで旦那さんも気付かないふりするんですか」

早苗　「警察って縄張り意識強いみたいで…」

と、藤井がドアを開けて入ってくる。

藤井　「あれ、集まり悪いなぁ」

美里と澄香が会釈。

久住　「ちょうどよかった、あの…藤井さん」

藤井　「なに？」

久住　「こないだの爆発事故、なんか関係あるんですか？」

早苗　「ちょっと……」

久住　「（菜奈と早苗に）田宮さんじゃないですけど、疑心暗鬼、きついです。はっきり聞いちゃいましょうよ」

菜奈　「ですけど…」

藤井　「…管理人さんが死んだ時も俺のせいにされたよね？」

久住　「（苦笑いで）実は、僕もそう思ってました」

藤井　「（苦笑いで）ひどいなぁ」

久住　「（笑いつつ引かない）で、どうなんですか？」

澄香のキーボードを打つ手が止まる。

藤井「あのね、私はあの店の常連客として、警察に情報提供したくらいですから。無実です」

久住「…そうですか。すいませんでした」

一同、やや空気が緩むが、

藤井「そもそも店長を殺す動機がないですから、私には。動機がないと、（菜奈に）怪しまれすらしないですね」

菜奈「…（藤井の意味ありげな言い回しが怖い）」

美里、藤井の話を真剣な顔をして聞いている。

美里「…」

美里、自分の表情に気付き、あたりを見回すが、誰も美里の様子には気を払っていなかった。

ほっとする美里。

早苗「動機…。そうですよね。動機ないですもんね」

藤井「そうそう全くないね」

久住「よし、もう聞きません。この件の話題は、僕にも振らないでください！」

菜奈・早苗「…」

ガヤガヤと残りの住人達がやってくる声が聞こえる。

×　×　×

住民会の出席者が揃い、雑談をしている。

久住、洋子、浮田、黒島、尾野、菜奈、澄香、早苗、藤井、美里が出席。

常連の出席者では淳一郎とシンイーが欠席している。

早苗「…では、そろそろ始めましょうか」

浮田「なんかよぉ、毎週やってねぇか？　住民会」

早苗「あぁ、臨時の開催が続きましたが、今回は定例なので」

洋子「…田宮さんがいらっしゃらないの珍しいですね？」

尾野「あっ、あの人、防犯カメラみたいの勝手につけてましたけど、あれいいんですか？」

美里「え？」

×　×　×

[回想　♯3　S29]

敷地内にカメラを設置する淳一郎。

×　×　×

尾野（声）「空き巣が入ったとか、事件があったならまだしも…」

黒島「〝世直し〟って言ってましたよ」

黒島の発言は珍しいので一同、一斉に見る。

黒島「私、聞いたんです、なにしてるんですか？　って。そしたら、〝世直し〟だって。〝年を取って、若い世代に、この国をなるべくいい形で継いで欲しい。そのための活動の一環だ〟って」

藤井「…立派なことですなぁ」

洋子「まさか田宮さんが殺したんですかね？」

一同「え？」

菜奈「…誰をですか？」

洋子「あっ、いや、誰をかは、わかりませんけど、警察が来ないか、カメラで見張ってるんじゃないですか？」

15　同・103号室・淳一郎の部屋・寝室

淳一郎が布団にくるまって寝ている。

君子がドアを開け、声をかけようとしてやめて、またそっとドアを閉める。

16　同・地下会議スペース

菜奈「カメラつけただけで、人を殺したっていうのは飛躍しすぎじゃないでしょうか」
洋子「(不満) あ…、はい」
浮田「ま、田宮さんが殺してたら、例のあれで、みんな、捕まっちゃうよ」
尾野「殺人教唆」
浮田「あー、それそれ」
澄香「え？　なんの話ですか？」
洋子「なんか、あのゲームで誰か死んだら、参加した人、みんな同罪になる可能性があるんですって。すごい理不尽」
澄香「私はそんなつもりは全く…」
久住「ですよね？　みんな、理不尽に思ってます。この話、もうやめませんか？」
浮田「つーか、そもそもあんなゲーム、誰もやってないってことにすりゃいいんじゃやねえの？」
一同「…」
一同、同意の沈黙。

17　すみだ署・刑事部屋（夕）

神谷が藤井の捜査資料を見ている。
職業欄に東央大学付属病院・整形外科医師の記述。

神谷「…」

部屋の隅のテレビでは山際のニュースが流れている。

アナウンサー「新たな事実が判明しました。先月8日、遺体で発見された医師の山際祐太郎さんは東央大学医学部を卒業後、内科医として活躍。最近では情報番組やバラエティにも出演するなど活躍の場を広げていました」

神谷、改めて藤井の資料の医者の記述に目を落とす。

神谷「…」

まだ関わりがあるとは思っていないが、少しだけ気になる様子。

18　キウンクエ蔵前・地下会議スペース

住民会がまだ続いている。

洋子　「…あの…。ゲームについて、言っておきたいことがあるんですけど」
久住　「今、やめようって言ったばっかりですよ」
洋子　「実は私、あの時、自分で自分の名前を書いたんです」
一同　「えっ…」
早苗　「どうしてですか？」
洋子　「殺したい人も死んで欲しい人もいませんから。スラスラ書いてたみなさんの方がどうかしてますよ」
菜奈　「…（確かにそうだと、自分を恥じる）」
美里　「スラスラとは書いてませんよ。ただ、あの時は、そういう…、場の雰囲気が…」
洋子　「じゃあ場の雰囲気で人も殺せるんですか？」
浮田　「そこまでの話してねぇよ」
洋子　「とにかく！　私の名前が書かれた紙を引いた人、いますよね？　どなたですか？」
一同　「…」
洋子　「それ書いたの私なので、間違っても、私を殺そうとかしないでくださいね？」
一同　「…」
洋子　「なんで黙ってるんですか？」

一同　「……」
洋子　「えっ……、怖いんですけど……、私のこと…殺さないでくださいよ！」
尾野　「今日、欠席してる人なんじゃないですか？」
澄香　「いつの間に〝紙に書かれた人は必ず殺される〟みたいなことになってるんですか？　いや、ありえませんから！　私達が不安を煽《あお》ると、子供達にも悪影響が出ます」
洋子　「あなたが子供への影響云々をおっしゃると思いませんでした」
澄香　「どういう意味ですか？」
洋子　「わかりました。みなさんが誰の名前を書いたのか、ちゃんと言い合いましょうよ。それですっきりするので」
一同　「……」
洋子　「手塚さんからお願いします」
菜奈　「え？」
洋子　「言ってください。誰に死んで欲しかったんですか？」
菜奈　「え？」
と、ドアが開き、木下が入ってくる。
木下　「遅れました、すいません」

木下、席に座るが、一同は困惑。

一同「…」

木下「(一同の視線に気付いて) あっ、続けてください」

一同が一斉に早苗を見る。

早苗「あの…、木下さん、ちょうど今、終わったところでして」

木下「えっ、なんか怒鳴り声が外まで聞こえてましたけど」

早苗「今月は特になしっていうことで終わりました」

木下「えっ、でも今…」

藤井「はい、みなさん、お疲れ様でしたー」

一同、口々に「お疲れ様でした」と言って、そそくさと席を立つ。

木下「ちょっと…なんですか? ちょっと…」

木下、目の前の菜奈の腕をつかむが、

菜奈「…」

藤井が木下の腕を抱え込んで、

藤井「ほら木下さん、乱暴はよくないですよ。ほら…」

木下「痛い痛い痛い! ちょっと! 手が湿ってる!」

藤井「いい季節になってきました」

藤井、木下を部屋の外へと引っ張っていく。

菜奈「…」

早苗「じゃあ、今日は本当に解散ということで」

美里「お疲れさまでした」

早苗「お疲れさまでした」

部屋の中では澄香が洋子を睨《にら》んでいる。

が、洋子は気付かないふりをしている。

澄香「…」

澄香、黙って、部屋を出ていき、一同も続く。

が、洋子が菜奈を呼び止める。

出遅れた、黒島も止まる。

洋子「手塚さん」

菜奈「はい」

洋子「あの…納得できないんですけど」

菜奈「え？」

洋子「誰の名前を書いたのか、ゲームを始めたあなたこそが率先して言うべきでしょ」

菜奈「いえ、私が始めたわけでは…」

浮田が横から口を挟んで、

浮田「あのよお、なんて書いたかなんてみんなの前で言えるわけねぇだろ」

洋子「自分が殺されるかもしれなかったら、浮田さんだって…」

浮田「(遮って) 赤池幸子」

洋子「…え?」

浮田「俺が書いた名前じゃねぇぞ。俺が引いた紙に書いてあった名前だ。だから少なくとも俺はあんたを殺さない。…安心したか?」

洋子「安心できません」

浮田「なんだよ」

洋子「だって他にも…」

菜奈「〝赤池幸子〟って?」

黒島「502号室のお婆ちゃんです」

浮田「そう。…だから書いたのは、絶対、あの嫁だよな」

× × ×

[回想 #4 S14]

会議中の美里の表情。

× × ×

一同「…」

浮田「あんたさっき、みんなの前であの嫁に、〝私が死んで欲しいのはうちのおばあちゃんです〟って言わせようとしてたってことだぞ」

洋子「…」

黒島「まぁ書きたくなる気持ちもわかりますけど…」

菜奈「私、すごく仲が良いと思ってました」

黒島「えっ、こないだもなんだか揉めてましたよ」

× × ×

[回想 ♯3 S30]

美里「…メンチカツメンチカツメンチカツメンチカツメンチカツメンチカツメンチカツ…と! 唱え続けておりましたぁー!」

× × ×

黒島「すごい大きな声でメンチカツって連呼してました」

浮田「今日はよく喋るな」

黒島「え?」

浮田「ちなみに、嫁は嫁でどうかと思うぞ」

一同「…?」

洋子　「美里さんはとても良い方です」
浮田　「気付いてねえのかよ。あいつ、俺が話しかけても一切、返事しないんだぞ」

×　×　×

[回想＃1　S21]
浮田　「チリンチリンうるせぇんだよ。なぁ？」
美里　「…（それとなく無視）」

×　×　×

[回想＃2　S19]
浮田　「ワイドショーでコメンテーターやってる医者だよ」
美里　「…（それとなく無視）」

×　×　×

[回想＃3　S16]
浮田　「当の藤井さんが欠席してんじゃなぁ？」
美里　「…（それとなく無視）」

×　×　×

洋子　「…気のせいじゃないですか？」
浮田　「いや、絶対そうだよ。俺、確かめるためにわざと話しかけてんだから」

菜奈「なにか心あたりはあるんですか?」
浮田「…。(明らかにある様子だがそらして) さぁ…。まぁ、仕事柄、嫌われるのは慣れてるけどね」
菜奈・黒島「…」
浮田「…ってか、話の流れで、引いた紙のことしゃべっちゃったけど、みんなはどうなんだよ」
菜奈・洋子・黒島「…」
浮田「人が書いたのは言ってもいいでしょ。なんて書いてあったのか教えてくれよ。なあ。座って座って…はい」
菜奈、洋子、黒島の3人、一瞬、牽制し合うが、
黒島「…私は【織田信長】って書いてありました」
浮田「えー?」
黒島「多分、特に死んで欲しい人がいなくて、適当に書いたんじゃないですかね」
浮田「ずるいなぁ、俺もそうやって書けばよかったなー」
洋子「私は【吉村】って書いてありましたけど、誰のことだか…」
浮田「ここの住人に吉村はいねえしな」
菜奈「私は【こうのたかふみ】って書いてありました。平仮名で」

洋子　「…〝こうの〟もいませんね」
浮田　「身元がわかってるのは、赤池のばあさんだけか…。殺されないといいけどな」
洋子　「いや、紙を持っているのは浮田さんなんですから、浮田さんがなにもしなければ、殺されることはないですよ」
浮田　「いや、俺はよ、このドサクサにのっかって、あの嫁がばあさんを殺すんじゃないかって踏んでんだよ」

×　　×　　×

[回想＃4Ｓ14]
藤井　「動機がないと、（菜奈に）怪しまれすらしないですね」
早苗　「そうですよね。動機ないですもんね」
美里、自分の真剣な表情に気付き、あたりを見回し、見られてないと、ほっとする。
が、その様子を実は菜奈が見ていた。
菜奈　「…」

×　　×　　×

洋子　「まさか…」
浮田　「嫁姑ってのは基本、殺し合い寸前よ。仲良く見えてるところは、どっちかが鈍感なだけだろ」

菜奈「大丈夫だと思いますけど」
浮田「わっかんねぇよ、最近、みんな人殺しに見えてきてるからさぁ」
菜奈「…」

19 同・104号室・洋子の部屋前

洋子が部屋に戻ってくる。
ドアを開けようとして、視線を感じ、振り返る。
誰もいない。

洋子「…」

20 同・洋子の部屋・玄関の中

洋子、ドアを閉めて、覗き穴から覗く。
しばらくして、佳世がやってきて、ドアの前で立ち止まって、こちらを見ている。
洋子、覗き穴越しに緊張する。

洋子「…」

と、洋子、文代に肩を触られ、

洋子「…ひぃ！」

文代「…どうしたの？」

洋子「えっ…」

洋子、外まで声が聞こえたんじゃないかと、慌てて覗くが、佳世の姿はない。

洋子「…いや、なんでもない。ご飯作るね」

21　同・304号室・澄香の部屋

澄香がベランダで洗濯物を干している。

澄香「…（住民会のことを思い出している）」

×　×　×

[回想＃4 S18]

洋子「あなたが子供への影響云々おっしゃると思いませんでした」

×　×　×

澄香、部屋に戻り、寝ているそらの頭を撫《な》でる。

22　同・302号室

菜奈と翔太がパジャマ姿でリビングにいる。

翔太「もーう、菜奈ちゃんさぁ…」
菜奈「何？」
翔太「住民会のあと、いっつも暗いよ」
菜奈「そう？」
翔太「これからは俺出ようか？」
菜奈「大丈夫、（手を組んで）暗いのは仕事の悩みだから」
翔太「仕事？　どうしたの？」
菜奈「仕事のことは2人の時間に持ち込みたくない」
翔太「菜奈ちゃんの力になりたいよ」
菜奈「1人で解決するための力を、翔太君と過ごす時間からもらってるよ。だからそれで充分」
翔太「2人で解決したい」
菜奈「気持ちはわかるけど、1人でやった方がうまくいくことってあるじゃん」

翔太　「例えば？」
菜奈　「筋トレとか？　私が隣でなにかやってても、翔太君に筋肉がつくわけじゃないでしょ」
翔太　「ううん、傍で応援してくれたら、頑張れて、結果的に筋肉倍増だよ」
菜奈　「だから、こうして傍にいてくれるだけで、応援になってる」
翔太　「（不満そうに）納得した！」
菜奈　「納得した顔じゃないじゃん」
翔太　「頭ではしたの！　顔がまだ追いついてないけど」
菜奈　「（苦笑い）」
翔太　「寝る！　明日になったら、顔ごと納得してるから」
菜奈　「うん」
と、翔太、婚姻届を出す。
翔太　「あ…あとそれからさ、これ菜奈ちゃんが持ってて。で、菜奈ちゃんが出したい時に出して。俺はいつでもいいって思ってるから」
菜奈　「…わかった」
翔太　「おやすみ（と笑う）」
菜奈　「おやすみ」

2人、軽いキスをして、翔太は寝室へ。

菜奈「…」

23　同・寝室

結局、納得していない翔太。菜奈のことが心配な様子。

翔太「…」

24　駅前の道（日替わり）

出勤中の翔太が駅まで歩いている。と、後ろから尾野が追いかけてきて、

尾野「翔太さん」

翔太「おはよう！」

尾野「遅刻じゃないですか？」

翔太「あぁ…」

尾野「急ぎましょう」

と、翔太の腕を引く尾野。

翔太　「おぉ、うん」

翔太、腕を組んで歩くことはさすがに違和感。

尾野　「あ…、尾野ちゃんさ…」

翔太　「そうだ！（と自然に腕を放して）これ…」

尾野、お弁当箱を取り出して、

尾野　「どうぞ」

翔太　「…お弁当？　いや、もらってばっかりでさすがに…」

尾野　「中身は自分で入れてくださいね」

翔太　「箱だけだ」

尾野　「建築資材として加工された木材の、本来なら捨てられてしまう切れ端の部分を組み合わせて作ったエコなお弁当箱です」

翔太　「へぇーそんなのあるんだ」

尾野　「思ったより大変でした」

翔太　「…まさか、これも手作り!?」

尾野　「フフ…。そんなに喜んでもらえると、私も嬉しいです」

翔太　「まあ、驚きの方が勝っちゃってるけどねー」

尾野　「え？」

翔太　「ん？」

尾野、喋らなくなってしまった。しばらく無言で歩く2人。

翔太　「…ごめん、ちゃんと嬉しいって思ってるからね」

尾野　「傷ついたんで話題変えてもいいですか？」

翔太　「あぁ、もちろんもちろん」

尾野　「翔太さんは殺したい人とかいます？」

翔太　「なに？　いきなり…」

尾野　「いきなりじゃないですよ、みなさん、最近はその話題ばかりですよ」

翔太　「みなさんって？」

尾野　「だからうちのマンションの中で、住民会に出てる人達は」

翔太　「…どうして？」

尾野　「え？　もしかして、奥さんから聞いてないんですか？　ゲームのこと」

翔太　「あぁ…。人狼ゲームやったんでしょ？」

尾野　「人狼じゃなくて、交換殺人ゲームの話です」

翔太　「ん？」

尾野　「えー？　奥さんもしかして、嘘ついたんですかねぇ。なんでだろ？　不思議ー」

翔太　「…」

25　スポーツジム

翔太が独り言を言っている。

翔太「落ち着け落ち着け落ち着け…本人に聞くのは簡単だよ。その前に、ここは推理するんだ」

受付担当の人が器具を拭いている。

翔太「…オランウータンタイム…。菜奈ちゃんは…」

×　　×　　×

[回想 ＃2 S10（菜奈からのメール）]

『人狼ゲームして仲良くなったの』

翔太(声)「なぜ僕に、嘘をついたのか」

×　　×　　×

翔太「そしてなぜ交換殺人ゲームのことを黙っていたのか」

受付担当「手塚さん、独り言怖いです」

翔太「ごめん、口に出さないと考えられないの」

受付担当「…はぁ…」

翔太　「…菜奈ちゃんもゲームに参加したということは、誰か殺したい人の名前を書いた…？　そして、それを俺に言いたくないからゲームのことを黙っていた。と、すると…。俺に言えないような人の名前を書いたってこと…？」

声　「すごい顔で悩んでるな」

と、声がして振り返ると、朝男が立っていた。

26　キウンクエ蔵前・302号室

菜奈が仕事をしながら浮田の言葉を思い出している。

×　　×　　×

［回想　＃4 S18］

浮田　「このドサクサにのっかって、あの嫁がばあさんを殺すんじゃないかって踏んでんだよ」

×　　×　　×

菜奈　「…」

菜奈、思い立ったように立ち上がる。

27　同・502号室・美里の部屋前

紙袋を持った菜奈がインターホンを押す

吾朗「はい」
菜奈「302の手塚です」

28　同・502号室・美里の部屋

菜奈が部屋に通され座っている。
部屋には幸子と吾朗がいる。そして江藤がいる。
机の上には紙袋から出したジャージが。
菜奈、幸子に渡そうとする。

菜奈「どうぞ」
幸子「まあー。どうもありがとう」
江藤「おばあちゃん、よかったねー。これ、おばあちゃんの好きなピンク色じゃない？」
菜奈「…（江藤がいることに違和感を覚えている）」

吾朗「すいませーん、お礼するようなものなくて…」
菜奈「いえ…サンプルで失礼かなと思ったんですけども、でもこれすごく動きやすいんで、おばあちゃんに着てもらえたらって」
幸子「派手すぎない?」
菜奈「いえ、すごくお似合いになりますよ。…あと、これ、美里さんにも」
幸子「…」
菜奈「(幸子が黙ってしまったのに気付く)」
吾朗も察して、わざと明るく、
吾朗「あっ、ありがとうございます、渡しておきます。僕の分はないんですね?」
菜奈「今度、メンズも持ってきますね」
吾朗「すいません。厚かましくて」
江藤「おばあちゃん、今、着てみる? きっといい感じだから、ねっ」
幸子「ハハ…えー? (と言いつつまんざらでもない)」

× × ×

[回想 #4 S18]

× × ×

浮田「…最近、みんな人殺しに見えてきてるからさぁ」

江藤、ジャージを羽織るのを手伝う。
江藤「よし…はい、こっちも」
幸子「どーう？」
江藤「うあっ、ヤベエ！　めっちゃいい！」
菜奈、嘘臭い笑顔で接する江藤をじっと見る。
菜奈「…」
幸子「ホント？」
江藤「めっちゃ似合ってる！　これくらい派手な方がいいんじゃない？」
そんな江藤のアップ。まるで江藤がこの後、幸子を殺すかのようにも見えてくる…。

29　同・5階エレベーターホール

部屋に戻る菜奈がエレベーターを待っている。
と、吾朗が追いかけてきて、
吾朗「…手塚さん、ありがとね」
菜奈「そんな、わざわざ…」
吾朗「よかったら、これからもちょくちょく来てよ」

菜奈「あぁ、はい」
吾朗「…みんな、噂してるでしょ？　うちの女性陣の」
菜奈「あー（一瞬言葉を探して）」
吾朗「（鋭く察して）やっぱりしてるんだ」
菜奈「してないです」
吾朗「でもさぁ、いろいろあって当然だよね」
菜奈「…？」
吾朗「だって育った時代や環境も全く違う2人なわけでさ。しかも、好きで一緒になった夫婦ならまだしも、よく知らないまま家族になって一緒に住んで…。そのわりにはうまくいってる方かな、うん」
菜奈「…そう、かもしれませんね」
吾朗「だから気にせずに、また来て」
菜奈「はい…」

30　同・103号室・淳一郎の部屋・寝室

まだ布団の中の淳一郎を、君子が叱咤《しった》している。

君子「ですから、せめて布団から出てください」
淳一郎「…」
君子「その年で、引きこもりなんて困りますよ！」
君子、呆れつつ、軽食と新聞を置いていく。
淳一郎「…」
淳一郎、飛びつくように新聞を手に取る。

31　同・前の路上（夕）

仕事帰りの木下が歩いている。
と、喪服をきたシンイーが歩いてくる。
シンイー「あっ、こんちわです」
木下「…どうも」
そのまますれ違うかと思いきや、
シンイー「あっ、木下殿！」
木下「え？」
シンイー「あの…これ、発音してもらえるかい？」

シンイー、【この度はご愁傷さまです】と書かれたメモを出す。

木下　「〝このたびはごしゅうしょうさまです〟」

シンイー「（復唱）〝ただいまごしょうかいにあずかりました〟」

木下　「全然違います」

シンイー「んー、むずかしいな、やっぱり」

木下　「お通夜ですか？」

シンイー「バイト先の店長が…」

木下　「あぁこないだの火事の…」

シンイー「あー。〝このたびのいきつくさきは〟」

木下　「これ、日本人ははっきり言わないから」

シンイー「はい？」

木下　「〝このたびは…（モゴモゴと濁す）〟って感じでね。口だけ動かして、言葉にならないくらい悲しい、っていう感じで」

シンイー「ほうほう」

木下　「だから〝このたびは〟まで覚えとけば大丈夫」

シンイー「たすかるぜ。みんなが言うほど嫌な人じゃないな。じゃあな」

木下　「…」

32　同・共同ゴミ捨て場

木下が鼻歌まじりに入ってきて、ゴミ袋を開け出す。
木下、エスニックなお菓子の開き袋と香典袋のビニールの包み紙を見つける。

木下「…さっきの子か」

木下、携帯で写真を撮った後、なにやらメモを取り出し、記録。そして別の袋も開け出す。今度は中から包帯と、黒島と書かれた電気代の紙。

木下「…」

さらに黒島の袋を漁ると、また香典の包み紙。

木下「…？」

33　ジム近くの喫茶店

翔太が仕事を終え、朝男とお茶をしている。

朝男「…隠しごと？　奥さんが？」

翔太「どう思います？」

朝男「そりゃ、どんな夫婦もひとつやふたつはさ…」
翔太「でも普通のことじゃないんですよ」
朝男「というと?」
翔太「えっとですね…」

34 スポーツメーカー・商品開発部

菜奈がメーカーの商品開発担当者・篠原を訪ねてきている。
菜奈「篠原さん、お疲れ様です」
篠原「あー、ごめんなさい、急にお呼び立てしちゃってー」
菜奈「大歓迎です。新商品ですか?」
篠原「さすが話が早いー」
などと話しながら、打ち合わせブースへ。

35 ジム近くの喫茶店

翔太、一通り説明し終わった後だ。

朝男　「その交換殺人ゲームっていうのは突拍子もないなぁ」

翔太　「そうなんですよね」

朝男　「それは奥さんも、そんなのバカバカしいと思ってるから話さないだけじゃないの？」

翔太　「そうなんですかねぇ」

朝男　「まぁそれか…、ショウの名前を書いちゃったとか」

翔太　「（真剣な顔になり）…なるほど」

朝男　「〝殺したい人、旦那〟って書いちゃったから、ショウに言えないんだよ」

翔太　「…」

朝男　「まぁ、他に男がいるんだろうな、確実に」

翔太　「（真剣）…これ、アニキには言ってなかったんですけど」

朝男　「なに？」

翔太　「…俺、奥さんと…超愛し合ってるんですよぉ」

朝男　「は？」

翔太　「だからそれはありえないんですよねー」

朝男　「…あっ、そう」

翔太　「（真剣に戻って）でも万が一…いや万が0・1、菜奈ちゃんが俺の名前を書いてたとして、それが本当に菜奈ちゃんの望むことなら、俺、死んでもいいです」

朝男　「……」

翔太　「ただ、菜奈ちゃんが罪悪感を抱かないように、事故のふりして死にます。あっ、じゃあその時はアニキが事故を装って俺のこと、こうドンって…」

朝男　「いやだよ！」

翔太　「えー、殺してくださいよ」

朝男　「どういう甘え方だよ」

翔太　「結局、本人に聞くしかないんですかね？」

朝男　「…旦那にも言えないぐらい悩んでるわけだろ？　それをただの好奇心であれこれ聞くのは最低だぞ」

翔太　「心配だから聞くんですよ。優しさです」

朝男　「悩ませてあげるのも優しさだよ。自分で解決した方がその人のためになるなんてこと、いくらでもあるんだから」

翔太　「(妙に感心) はぁ…」

朝男　「好奇心と優しさをはき違えるなよ？」

翔太　「…わかりました。俺、優しいんで、もう少し様子見ます。はい」

36　スポーツメーカー・商品開発部・打ち合わせブース

パーティションで囲まれたブースで打ち合わせしている菜奈と篠原。

篠原「秋冬を意識した感じだとして…、どれくらい？」
菜奈「うーん…。…1週間」
篠原「あー助かります！」
菜奈「いえいえ」
篠原「よかったー。あっ、そういえば菜奈さん、引っ越したんですか？」
菜奈「あぁ、そうなんです」
篠原「もしかして買ったとか？」
菜奈「はい、実は」
篠原「いいな、マイホーム！」
菜奈「（苦笑い）声大っきいですよ」
篠原「しかもすごーいタイミングで旦那さん、登場ー」
菜奈「え？」

菜奈、振り返ろうする直前に肩に手が置かれる。

菜奈が振り返ると、それは朝男だった。

朝男「君も来てたんだ」

菜奈「…どうも」

篠原「…あれ？　あれあれ？　なんかケンカ中ですか？」

朝男「違うよ、ウチは公私混同しない主義なの。ねっ、菜奈」

朝男、菜奈の首に手を回す。

菜奈「…」

篠原「うわぁ！　めっちゃ公私混同！　うらやましい！」

朝男「冗談冗談」

篠原「社長にはお世話になってるんで、それくらいのイチャイチャは全然許しますよぉ」

朝男「ありがとう」

朝男と篠原、笑って盛り上がる。

菜奈「…じゃあ、私はこれで（と立ち上がる）」

篠原「あっ、よろしくお願いします」

朝男「あっ、そうだ」

朝男、菜奈の耳元まで寄って、

朝男「（ボソッと）…交換殺人ゲームってなに？」
菜奈「…!?」
篠原「内緒話、いやらしいぃ」
朝男「じゃ、おつかれ」
菜奈、戸惑いながら去っていく。
菜奈「…」

37　キウンクエ蔵前・駐車場（夜）

浮田が車に乗り込む。
荷台のブルーシートにチラリと目をやり、携帯を取り出し、どこかに電話をかける。
車内から、厳しい表情であたりを窺ってる。
浮田「あっ浮田です。先日の件で…」

38　同・201号室・浮田の部屋・玄関（夜）

妹尾と柿沼が黒ずくめの格好で出かけようとしている。

柿沼「あ、ハンカチ持った?」

柿沼、ハンカチを差し出す。

妹尾「ガキじゃねえんだから、いらねぇよ」

柿沼「いや、いろいろ飛び散る可能性あんべ?」

妹尾「そうなったら、ハンカチじゃきかないっしょ」

2人、緊張した表情で出ていく。

39　同・302号室

翔太が変な筋肉体操をしている。

と、菜奈が買い物袋を抱えて帰ってくる。

菜奈「ごめん、遅くなっちゃった」

翔太「いいよいいよ」

菜奈「すぐ作るね」

翔太「(真剣な顔で)菜奈ちゃん、菜奈ちゃん!」

菜奈「なに?」

翔太「ジャーン!」

翔太がテーブルの上を指すと、見事な料理ができている。

菜奈「え!?」

翔太「遅くなるだろうと思って、作っておいた！」

菜奈「あぁ…、ありがとう！（なにかいいかけるが言葉を呑んで結局もう一度）…ありがとう」

40 同・502号室・美里の部屋

美里、幸子、吾朗が食事をしている。

美里と幸子は、菜奈にもらったジャージを着ている。

会話は一切ない。

吾朗「ペアルックみたいだね」

美里・幸子「…」

吾朗「…すいません」

と、美里が急に立ち上がる。

吾朗「どうした？」

美里、壁際まで行くと、急に部屋の電気を消す。

41　同・203号室・シンイーの部屋

シンイー、クオン、イクバルがポストに入っていた【あなたの番です】と書かれた脅迫状を見ている。
奥の部屋から他のイクバル達も見ている。
シンイー「…誰が書いたかは、大体わかってっぺ」
イクバル「どうする？」
シンイー「（奥の部屋の一同を見たまま、返事をしない）」

42　同・502号室・美里の部屋

真っ暗の部屋の中で、美里が蝋燭《ろうそく》に火をつけたバースデーケーキを運んでくる。
吾朗「…なんだよ、なにかと思ったよ」
幸子「誰の誕生日？」
美里「私です！」
吾朗・幸子「…」

ケーキの上には【HAPPY BIRTHDAY MISATO】と書かれたプレート。

美里、「本日の主役」と書かれたタスキを自分でかけ、蝋燭の火を吹き消した。

部屋が再び暗闇に包まれた瞬間、ステレオのリモコンをONにする何者かの手元。

突如、爆音でチェッカーズの『ジュリアに傷心』が流れ始める。

43　同・302号室

菜奈「いただきます」
翔太「いただきます」
菜奈が翔太の作った料理を一口食べる。
菜奈「…」
翔太「(緊張して)…どう?」
菜奈「…ちょっと…びっくりするぐらい美味しい!」
翔太「よっしゃぁぁぁ!」
と、菜奈の携帯が鳴る。
翔太「イェーイ」
菜奈「(表示を見て)あっ、早苗さんだ。…もしもし?」

44　同・402号室・早苗の部屋

早苗が菜奈に電話している。
適宜、302号室とカットバック。

早苗「あっ、菜奈さん？　今、なんか上からおっきな音が聞こえて…」
菜奈「え…？」
早苗「気のせいだよね、ごめん、今、私1人で不安で…」
菜奈「早苗さん家の上って…」
早苗「502…。赤池さん家なの」
菜奈「…！」

45　同・5階廊下〜502号室・美里の部屋前

5階のエレベーターホールで合流する菜奈と翔太と早苗。

一同「…（嫌な予感で言葉がない）」
翔太「行こうか」

502号室に向かう3人。
と、廊下を曲がると、なぜか藤井が立っている。

翔太「藤井さん⁉」

藤井「いや、すごい声がしたから…」

翔太「声？」

一同、恐る恐る502号室に近づく。
翔太、インターホンを押すが返事がない。ドアノブに手をかけ…、開ける。

46 同・502号室・美里の部屋・玄関〜ダイニング

翔太、中を覗き込み、

翔太「赤池さーん？（後ろを振り返り）いると思う…」

返事がないので、翔太を先頭に、藤井、菜奈、早苗がおそるおそる中に入って行く。暗い室内。

翔太「すいませーん、入りますよ！」

ダイニングへ続くドアからは、うっすら蝋燭らしき明かりが見える。（立ち去る前に犯人が再び蝋燭に火を灯した）

翔太、ドアを開けると、美里・吾朗・幸子がダイニングテーブルで、ケーキを囲んで座っている。

※幸子は吾朗の背中に隠れてまだよく見えない。

翔太「…あのぉ…」

と、足の裏に生暖かさを感じる翔太。足元を見て、

翔太「(血が付いている)…」

翔太、慌てて美里と吾朗に駆け寄る。

翔太「赤池さん⁉」

翔太に揺らされ、がくりとテーブルに倒れ込む美里。だらりと腕を垂らす吾朗。

2人とも穏やかな表情で死んでいる。

一同「…!!」

藤井「…あの、俺、呼んでくるっ！」

藤井、慌てて部屋を出る。

よく見ると、幸子は頭からビニール袋をかぶせられていた(返り血を浴びている)。

翔太「おばあちゃん‼」

翔太、幸子に近づき、おそるおそる袋を取る。

その瞬間、叫び出す幸子。

幸子「オー、マイ。ジューリアァァァァァ――――ッ！！」
翔太「！！！（腰をぬかす）」
菜奈・早苗「！！！！」
幸子、朦朧《もうろう》としながら、何やらぶつぶつ呟いている。
菜奈「…おばあちゃん！」
早苗「あ…赤池さん…、大丈夫ですか？」
早苗、幸子に駆け寄る。
菜奈、呆然としながら部屋を見渡す。
ベランダへの掃き出し窓が開いていて、夜風がカーテンを揺らしている。
ふと、テーブルに目をやると、
菜奈「…？」
カメラ、俯瞰に回ると、ケーキの上のプレートが見える。プレートの文字。
【赤池美里】
【＃5に続く】

あなたの番です

第5話

#5

1　前回の振り返り

［回想＃1 S25］

住人一同が紙に名前を書いたり、缶に入れた紙を引いたりしている。

菜奈（N）「〝誰だって1人くらいは殺したい人がいるでしょう〟、そんな言葉が始まりだった気がします。私達は、冗談半分で、殺したい人の名前を書いて、こっそり見せ合いました。…それからすぐに…」

×　×　×

［回想＃1 S41］

逆さまの床島が目をカッと見開き、

床島「うわぁ…。うわぁぁぁぁぁぁぁぁぁぁぁぁぁぁぁ！」

翔太・菜奈「うわぁぁぁぁぁぁぁぁぁぁぁ！」

次の瞬間、床島、下へと落ちていく…。

×　×　×

［回想＃2 S43］

乾燥機の中に山際の生首。

藤井「はぁー!!　あっ！　ハァ、ハァ…！」

×　×　×

［回想＃３Ｓ44］
店長、ライターで火を点けようとする。
爆発音。

［回想＃３Ｓ46］
燃えるブータン料理店。

菜奈（Ｎ）「…まさかと思っているうちに、誰かが誰かを殺して、殺してもらった誰かが、また誰かを殺している、かもしれない…」

×　×　×

［回想＃４Ｓ４］
クオン「店長の名前書いちゃったの？」
シンイー「まさか本当に殺すなんて…」

×　×　×

［回想＃４Ｓ24］
尾野「奥さんから聞いてないんですか？　交換殺人ゲームの話です」

×　×　×

[回想＃4 S36]

篠原「旦那さん、登場ー」

朝男「（ボソッと）……交換殺人ゲームってなに？」

菜奈「…⁉」

菜奈（N）「そして、また…」

× × ×

[回想＃4 S46]

翔太「赤池さん⁉」

翔太に揺らされ、がくりとテーブルに倒れ込む美里。だらりと腕を垂らす吾朗。

一同「…！！」

藤井「俺、呼んでくるっ！」

翔太「おばあちゃん‼」

翔太、幸子に近づき、袋を取る。

その瞬間、叫び出す幸子。

幸子「オー、マイ、ジューリアァァァァァ――――ッ！！」

翔太「！！！（腰をぬかす）」

菜奈「！！！！」

早苗「赤池さん…」
カメラ、俯瞰に回ると、ケーキの上のプレートが見える。プレートの文字。
【赤池美里】

2 キウンクエ蔵前・502号室・美里の部屋前・廊下（30分後）

警察が現場検証に来ている。
菜奈、翔太、早苗、藤井がそれぞれ事情を聞かれている。
木下、尾野が、その様子を遠巻きに見ている。
翔太「お願いします」
刑事①「ありがとうございます」
刑事②「玄関の鍵は開いていたんですね？」
菜奈「はい、あと…窓も開いていました」
早苗「部屋に入ったのは、この4人だけです」
ひと通り聴取を終えた菜奈、ふと翔太を見ると、尾野が翔太の元に駆け寄るところだ。翔太と尾野、「大丈夫ですか？」等、話している。
菜奈「…」

菜奈、尾野が翔太の袖をつまみながら話してるのが少し気になる。
が、早苗がそばにきて、それどころではなくなる。
菜奈と早苗、「これもゲーム？」という目線のやりとり。
そしてなにやら冷静に現場を見回している木下。

3　同・502号室・美里の部屋・リビング

美里が穏やかな顔で死んでいる。
神谷が死体を検《あらた》めている。
水城がやってきて、刑事②に、

水城「おい、外の奴等、追い払えよ。行け！　早く！」
刑事②「はい、行きます！」
水城、死体が怖いので手で視界を遮りつつ、
水城「何人、死んでるの？」
神谷「2人です。ちゃんと見てくださいよ」
水城「怖いんだよ！」
神谷の視線の先で、吾朗も穏やかな顔で死んでいる。

そしてケーキの上からはプレートが消えている。

4　同・302号室・リビング

翔太、菜奈をぎゅっと抱きしめる。

翔太「大丈夫？　…じゃないよね」

菜奈「うん」

翔太「ねぇ、ねぇねぇ引っ越そうか」

菜奈「うん…」

翔太「よし。まあ、ローンあるからさ、ちょっとあれだけど。でもこの部屋、貸せばお金も入ってくるし。でも、この状況…」

ブツブツ言う翔太をよそに菜奈は考えごとをしている。

菜奈「…」

×　　×　　×

[回想 ＃1 S25]

紙に死んで欲しい人の名前を書く菜奈。

菜奈(N)「私が紙に書いてしまったあの人は、この後、どうなるんだろう。引っ越したら、何も探れない」

×　×　×

菜奈　「…引っ越しは…最後の手段に取っておこうか」
翔太　「なんで？　またお金のこと言ったから？　ごめん。でも大丈夫だよ。無理してでも出ていくべきだと思うし」
菜奈　「怖いけど、しばらくは警察の人も捜査で来るだろうし、ここが一番、安心できる場所かも」
翔太　「そんな…俺、怖いよー（泣きそう）」
菜奈　「泣かないで」
翔太　「菜奈ちゃん、一緒に寝よう？」
翔太、菜奈の肩にもたれかかるが、
菜奈　「…、ごめん、ちょっと仕事のメールしてくる」
翔太　「こんな時に？」
菜奈　「だから、納期を延ばしてもらえないかってメール」
翔太　「うん…」

5　同・302号室・菜奈の書斎

菜奈、書斎に入り、翔太が入ってこないか気にしつつ、メモを見る。

菜奈（N）「…引っ越したら、なにも探れない」

以前の図に加えて、

×タナカマサオ↑「山際祐太郎」と書いた 藤井さん？

← （脅迫）

×赤池美里　↑「タナカマサオ」と書いた シンイーちゃん？

菜奈「…」

【シンイーちゃんが美里さんを？】と書き加える。

6　同・302号室

翔太が寂しそうに仕事部屋のドアを見ている。

翔太「…菜奈ちゃーん、まだぁ？」

タイトル
『あなたの番です』

7　すみだ署・会議室（数日後）

神谷と水城、数人の刑事が捜査の報告をしている。

刑事①「…凶器なんですが、刃渡り8㎝から15㎝の刃物と推測されます。これは未だに発見されていません」

水城「部屋にいたおばあちゃんは、あれからなにか話したのか？」

神谷「ダメですね。ずっとなにかブツブツ言ってるんですが、質問にも全く反応しない感じで」

水城「マンションの住人に怪しい奴は？」

神谷「死亡推定時刻の居場所が確認できていないのは…。えー201浮田啓輔、柿沼遼、妹尾あいり、203…。あっ、すいません。203リン・シンイー、204西村淳、301尾野幹葉、と現場の隣501佐野豪です」

神谷、報告しながらボードに写真を貼っていく。

写真、どれも隠し撮りっぽい角度で怪しく見える。
その際、シンイーの写真だけ貼り損ねて、床に落ちるが、刑事②が拾い上げて、貼り直す。

水城「なんだ？　この写真」
刑事②「聞き込みの際にこっそり撮りました」
水城「全員、人殺しに見えるぞ」
神谷「それと部屋の中から被害者とは別の指紋が出ています。こちらは２０１妹尾あいり、２０２黒島沙和、２０３イクバル・ビン・ダット、３０２手塚菜奈、４０４江藤祐樹の５人の指紋であることが確認済みです」
水城「部屋に指紋があって、アリバイがないのが、この女か」
水城、妹尾の写真を指さす。

×　　×　　×

30分後。
水城「頼むぞ！」
刑事達「はい」
報告が終わり、一同が部屋を出ていく中、水城が神谷に近づき、小分けにされたビニール袋を差し出す。

水城　「おい、これ持っとけ」
神谷　「また塩ですか？」
水城　「だって祟られてるぞ！　あのマンション！」
　　神谷、ノートの上に写真を出しながら、
神谷　「……確かに。先月、管理人が自殺している上に、爆発事故で店長が死んだ店の店員と常連客が住人ですからね。おまけにこの常連客が今回の事件の第一発見者」
水城　「おい、そういや、なんでこの辺のこと、さっき報告しなかったんだよ？」
神谷　「榎本課長、覚えてます？」

×　　×　　×

［回想＃2 S2］
警官　「神谷さん」
神谷　「なに？」
　　床島の自殺現場に現れた正志。
正志　「（妙にニヤニヤと）お疲れ」

×　　×　　×

水城　「…榎本も住んでるんだよな。で？」
神谷　「なんか、やんわりプレッシャーかけられたんですよ」

水城「榎本が？」

【回想　すみだ署・トイレ】

神谷が署内のトイレで用を足している。

と、その横に榎本正志がやってきた。

正志「よぉ」

神谷「…」

×　×　×

神谷「榎本課長、警部から、もうひとつ出世狙ってるみたいで、評判を気にしてるんですよ」

×　×　×

水城「警視になるには、上の評価次第だからな」

神谷「それで、マンションで起きてることについて…」

×　×　×

【回想　すみだ署・トイレ】

正志「いやぁ、このご時世さぁ、なにから失点につながるかわからないだろう？　そりゃ、隠す必要はないけどさ、ことさら結びつけて騒ぎ立てることもないとは思わないか？」

水城　「(呆れて)はぁ!?　殺人事件の起きたマンションに偶然住んでたからって、えぇ？
昇任に影響でねぇだろ！」

神谷　「僕も言いましたよ。でも…」

×　×　×

〔回想　すみだ署　トイレ〕

正志　「まあ、これは余談だけど、…副署長が、僕の昇任を待ってるんだよね。自分の派閥の人間が、なるべく良いポジションにいた方が、あの人も動きやすいからね」

神谷　「…」

正志　「そんな時に、君達のせいで僕の出世がフイになったりしたら、副署長はどう思うのかなぁ？」

×　×　×

水城　「そういうことなら榎本のご要望通りに」

神谷　「えぇ？」

水城　「バカ！　組織のなんやかんやに巻き込まれると、祟りより怖い目にあうぞ」

神谷　「…」

8　キウンクエ蔵前・共同ゴミ捨て場（翌日）

佐野が大きなゴミ袋を持って現れる。首元にはなぜか水中メガネ。

佐野、ゴミ袋を置くと、タバコを吸い始める。木下が現れ、

佐野「…」

木下「…マンションの敷地内は禁煙ですよ」

佐野、聞き終わらないうちに去っていく。

木下「（佐野の背中に）敷地の外だって禁煙ですけどね！」

木下、1人になると、佐野のゴミ袋を開け始める。ゴミ袋、何重にもなっている。

木下、ゴミ袋の中に、血のついたタオルを発見する。

木下「…!?」

9　同・地下会議スペース

会議スペースに、久住、洋子、浮田、黒島、シンイー、尾野、菜奈、早苗、藤井が集まっている。臨時の住民会がすでに始まっている。

藤井とシンイーはぎこちない様子。
久住は下を向いて、いつもより消極的な様子だ。

洋子　「本気で言ってるんですか？」

菜奈　「はい。ゲームについてもう警察に言うべきだと思います」

一同　「…」

菜奈　「今回の件の犯人を捕まえるための重要な情報かと」

尾野　「またゲームと結びつけるんですか？」

菜奈　「…実は、赤池さんの部屋に、バースデーケーキがあって」

×　×　×

[回想＃4 S46]

菜奈がテーブルに目をやると、ケーキのプレートに【赤池美里】の文字。

菜奈(声)「プレートに『赤池美里』って書いてあったんです」

×　×　×

菜奈　「普通は『誰々さん、お誕生日おめでとう』とか書くじゃないですか。名前だけ『赤池美里』って…」

ざわつく一同。浮田、焦る表情。

藤井　「えっ？　それが赤池さんがゲームで殺されたっていう根拠ですか？　それだけ？」

菜奈　「根拠というか、その…」
藤井　「でも、この中に、赤池夫婦を殺した人間がいるって言ってるのと同じことですよ？」
菜奈　「そういうわけでは…（チラリとシンイーを見る）」
尾野　「じゃあどういう理由ですか？」
菜奈　「…」
洋子　「あの。私も警察には言った方がいいと思ってるんです。ただ、こないだ話に出た殺人教唆っていうのはどうなるんですか？」
菜奈　「それは、私もよくわからないんですが…」
洋子　「なにもしてないのに、殺人犯の共犯になるのは嫌です」
尾野　「石崎さん、こないだ、紙に自分の名前書いたって言ってましたよね？」

×　×　×

[回想＃4 S18]
洋子　「間違っても、私を殺そうとかしないでくださいね？」

×　×　×

洋子　「それがなにか？」
尾野　「自分が殺されるかもしれない心配より、共犯かどうかを心配するんですか？」

洋子「…何が言いたいんですか？」
尾野「あ…、ちょっと犯人なのかなって思っちゃっただけです」
洋子「はぁ!? あんたねぇ…！（立ち上がりかける）」
と、ドアが開いて、淳一郎が入ってくる。
洋子、渋々座る。
淳一郎「…遅くなりました」
一同、驚きの表情で席に座る淳一郎を目で追う。
早苗「…大丈夫なんですか？」
淳一郎「質問の意図がわかりません」
早苗「体調を崩されてるって奥さんが…」
淳一郎「…大丈夫ですよ。議題は？」
早苗「…例のゲームのことを、警察に言った方がいいんじゃないかと、手塚さんから」
菜奈「…」
淳一郎「…みなさんにお任せします」
一同「…」
黒島「私達だと話がまとまらないので、田宮さんのご意見、伺いたいです」
淳一郎「…（黒島が発言していることに驚く）」

黒島　「あの…？」

淳一郎　「あぁ…まぁ、少し調べましたが、我々が捕まることはないんじゃないですか？」

尾野　「本当ですか？」

淳一郎　「ただ、全員がいったん、容疑者扱いされるかもしれませんけどね」

浮田　「それはきついな…」

菜奈　「でも…」

藤井　「週刊誌に嗅ぎつけられたら大変ですよ。住人全員が容疑者の殺人マンションって騒がれますよ」

黒島　「ちょっと大袈裟じゃないですか？」

藤井、立ち上がってホワイトボードに、【殺人マンション!?】と書く。

藤井　「これね、この〝!?〟って書けば、たいてのことは許されちゃいますから。これやられたら終わりです。結果、無実だとしても一生ネットに残ります。（洋子に）石崎さん家の子も学校で殺人犯の子って言われるんですよ」

洋子　「…」

藤井　「資産価値も暴落でしょ。マンション全体事故物件みたいなもんですから」

尾野　「藤井さんが一番怪しいんで、必死ですね」

藤井　「茶化さないで！」

尾野「はーい」

洋子「あなた、どうしてそんなに余裕なの？　みんな怯えてるのに。…犯人だから余裕があるの？」

尾野「は？　どういうことですか？」

洋子「いや、おかしいでしょ」

一同「（口々に諌《いさ》める）」

浮田「…（一同の表情をそれとなく確認している）」

シンイーと藤井の目が合い、藤井が逸らす。その様子を菜奈が見ている。

菜奈「…」

10　ケーキ屋

神谷と水城がケーキ屋の店員と話している。

神谷が美里、吾朗、幸子の写真を見せている。

店員「…この3人の中で、ですか？」

神谷「バースデーケーキを買いに来ませんでした？」

店員「顔まで覚えてないですけど…」

水城　「予約表とか残ってない？」
店員　「ありますよ、少々お待ちください」
　　　店員、店の奥へ。
神谷　「…」

11　キウンクエ蔵前・地下会議スペース

尾野　「…あのぉ、みなさんが怯えてるのは、手塚さんが警察にチクろうとしてるからですよね？」
菜奈　「チクるって…」
尾野　「警察に怯えるって、みなさんこそ怪しいですよ」
洋子　「…」
　　　洋子、苛立《いらだ》って机をたたく。
一同　「…」
黒島　「…あの、落ち着きましょう。（笑いながら）ほら以前、机たたいて、怪我した方もいらっしゃいますし」
一同　「…（田宮を見る）」

淳一郎「（立ち上がって）それ、私です。その節はみなさんご迷惑をおかけいたしました。もう完治いたしました。不肖田宮淳一郎、年甲斐もなく恥ずかしいまね…」
黒島「あの、すいません、冗談です」
淳一郎「冗談というのは？」
藤井「わかってないな、おじさん」
淳一郎「はい？」
浮田「田宮さんのクソ面白くない真面目さも、久しぶりに見ると嬉しくなっちゃうよな」
一同に控えめな笑いが広がる。
久住だけが、愛想笑いにも付き合わない。
久住「…（ため息）」
淳一郎、一同と一緒に笑う黒島を見ている。
淳一郎「…」
が、黒島は菜奈の横に座っているので、菜奈を見ているようにも見える。
早苗「…結局、どうしましょうか」
尾野「私は、何年もここで暮らしている身として、みなさんが殺人犯じゃないってことはわかるんです。ただ、手塚さんは新入りなので、そういうことがわかってないだけだと思うので、あまり責めないであげてください」

菜奈　「…（かばうようで意地悪な発言だと思っている）」
浮田　「犯人、映ってなかったの？　田宮さん。たくさん、置いてあったでしょ、カメラ」
淳一郎　「あぁ…最近もう録画してないんですよ」
浮田　「なにがしたかったんだよ、あんた」
淳一郎　「…面目ない」
久住　「あの…ごめんなさい。そもそも赤池さん夫婦は殺されたんですか？　夫婦喧嘩がエスカレートしてって可能性もあるわけですよね？　ケーキのプレートだけでゲームと関連づけるのは無理がありませんか？」
菜奈　「夫婦喧嘩ではない気がします。（早苗に）よね？」
早苗　「…（あいづちを打つが）」
久住　「警察に任せましょうよ。気がするとかしないとか、我々が憶測で話して、仲が悪くなっても意味ないですよ」
菜奈　「警察に任せるためにも、ゲームのことを…」
久住　「それには全員の承諾が必要じゃないですか」
菜奈　「…（距離の近かった久住の態度に困惑）」
久住　「ゲームに参加したのに、今日来てない人もいますから」
早苗　「北川さんですか？」

12　同・304号室・澄香の部屋

北川澄香が部屋に帰ってきた。

澄香「ただいま、そらー？　そら！　ただいま…」

部屋の中には誰もいない。

澄香「…？」

久住（声）「全員が共犯と疑われる可能性があるなら」

13　同・地下会議スペース

久住「北川さんの承諾も得ないとまずいですよ」

藤井「じゃあ、今日はいったん、保留ですか？　保留ですね。はい」

菜奈「…怖くないんですか？」

一同「…」

菜奈「私はつい、知ってる人の名前を書いてしまいました。正直いろいろあって、嫌いな人ですが、本当に殺されると思ったら、怖くて仕方がないんです」

一同「……」

14　同・集合ポスト（夕）

ジョギングから帰ってきた翔太が、ポスト前で木下に会う。木下、なにやらコソコソしているが、

翔太「あ…どうも」
木下「（慌てて何かを隠して）あっ、どうも。なんか…大変でしたね」
翔太「あぁ…（努めて明るく）あれ、観ましたよ。面白かったです」
木下「あれって？」
翔太「薦めてくれたミュージカル映画ですよ」
木下「あぁ…。何本か薦めましたけど、どれですか？」
翔太「あ…俺、面白い映画観るとタイトル忘れちゃうんですよ。面白かった！　っていう感情で脳みそパンパンになっちゃって」
木下「（思わず笑いだして）なんですかそれ」

15　同・地下会議スペース

10分後。

早苗「…では、多数決を取らせていただきます。いいですか…？」

尾野「そうするしかないと思いますよ」

早苗「はい、じゃあ…」

藤井「たった一度、偶然、殺人事件が起きただけで、マンションの住人全員を容疑者にしたい人は挙手を」

黒島「そんな聞き方…」

藤井「挙手をしてください」

菜奈「…」

菜奈、1人だけ手をあげた。

藤井「通報しない。で、決まりですね」

早苗「…すいません…。私も賛成です」

黒島「私も」

早苗と黒島が、ゆっくり手を挙げた。

尾野　「…（ボソッと）結果がわかってから味方しちゃって」
菜奈　「…」

16　同・集合ポスト

翔太　「じゃあ、またオススメあったら教えてくださいよ！」
木下　「はい」
木下、翔太が去ると、先ほど隠した検査鏡を取り出し、各部屋のポストの中を覗き出す。が、すぐに住民会に出席していた住人達がやってきたので、さっと身を隠し、その様子を窺《うかが》い出す。
木下　「…」

17　同・地下会議スペース

菜奈が遅れて部屋を出ようとしている。
菜奈　「じゃあ、お疲れさまでした」
と、早苗が菜奈を呼び止める。

早苗　「菜奈さん」
菜奈　「はい？」
早苗　「なんか、ごめん。スッて手、上げられなくて」
菜奈　「いえ…」
黒島　「私も、あの…」
　　横にいた黒島も反応して、
菜奈　「大丈夫。私が、心配しすぎてるだけかもしれないし」
　　と、上から怒鳴り声が聞こえる。
菜奈　「…？」

18　同・102号室・佳世の部屋前

　　菜奈、早苗、黒島が102号室前へ駆けつける。玄関前で佳世と澄香がなにやら揉めている。佳世の脇にはそら。妹尾と柿沼が入って、諫めようとしている。
柿沼　「…だから落ち着いて話しましょうよ」
　　と肩に触れるが、澄香は柿沼を振り払ってビンタ。
澄香　「落ち着いてますから！」

柿沼「痛っ」
妹尾「手、出すなや！」
澄香、妹尾の脛を蹴る。
澄香「黙って！」
柿沼「おいおい！」
妹尾「（激痛でしゃがみこんで）足も出すなや…」
佳世「（早苗に）すいません、お騒がせしてます」
早苗「いえ、あの…」
澄香「なに、冷静なふりしてるんですか？」
佳世「ちょっと、そら君がびっくりしてるんで…」
佳世、そらの肩に手をかける。
澄香「そらに触らないで！」
と、佳世を押しながら部屋の中に雪崩込んでいく。

19　同・102号室・佳世の部屋

澄香が佳世につかみかかり、止めようとして、一同も部屋の中へ。

妹尾　「…やめようよ！」
澄香　「触らないでってば！」
佳世　「ちょっと…」
澄香　「この女がそらを誘拐したの！」
妹尾　「何度も遊んでるよ！　そら君と児嶋さんは。私だって遊んだことあるし」
澄香　「みなさんにお世話になってるのは、そらからも聞いてるんで、わかってるんです！　でもこの人はおかしいんです！」
佳世　「私はただ、こないだの事件のことで、1人でいるの怖いって、ヤス君が…！」
澄香　「ほら！　この人、そらのことをヤス君とか、違う名前をつけて呼んでるんですよ。おかしいでしょ⁉」
一同　「…」
佳世　「ただ言い間違えただけ…」
澄香　「そらに誰の代わりをさせたいの⁉」
早苗　「北川さん、まぁ、その辺で…」
澄香、そらの横へ行き、
澄香　「そら脱ぎなさい」
そら　「…」

菜奈　澄香、そらの服を強引に脱がせる。
澄香　「なにしてるんですか？」
佳世　「この人が勝手に着せた服なんですよ！　こないだなんて無断で床屋に連れてって、そらの髪形勝手に変えたんですよ！　もう！」
一同　「…」
澄香、服を投げつけ、そらを連れて出ていく。
澄香　「そら、行くよ。すいません…」
一同　「…」

20　同・302号室

翔太が1人、妙な筋肉体操で身体を鍛えている。
翔太、時計を見て、
翔太　「…」

×　　×　　×

[回想　＃4　S24]
尾野　「奥さんから聞いてないんですか？　交換殺人ゲームの話です」

翔太、独り言を言いながら、思考を巡らす。

翔太「…オランウータンターイム…」

× × ×

［回想＃1 S26］

翔太「どうだった？　住民会」

菜奈「あっ（手を組みつつ）とくに何事もなく…」

× × ×

翔太（声）「…菜奈ちゃんは嘘をつく時、手を組む癖があるんだよなー」

× × ×

［回想＃3 S19］

翔太「住民会。わざわざ臨時で開くのってなに？」

菜奈「えっと…（自覚なく両手を組む）」

× × ×

翔太、つらそうな筋肉体操の体勢で固まったまま、

翔太「なぜかゲームのことを俺に言い出せずに嘘までついてる菜奈ちゃん。もし管理人さんも、ブータン料理屋さんも、赤池さんもゲームで殺されたとしたら…。

えっ、独りでめっちゃ悩んでるじゃん！　菜奈ちゃん可哀想！　だが、しかし…」

×　×　×

[回想＃4 S35]

朝男「悩ませてあげるのも優しさだよ。自分で解決した方がその人のためになるなんてこと、いくらでもあるんだから」

×　×　×

翔太「アニキの言うことも一理あーる！」

翔太、改めて時計を見て、

翔太「…にしても、いつまでやってんだ住民会」

21　同・地下会議スペース（夜）

翔太が会議スペースにやってくる。

真っ暗で誰もいなくて、妙に不気味。

翔太「…」

翔太、ホワイトボードをじっと見る。

うっすらと【殺人マンション!?】の文字…。

22　同・集合ポスト

翔太が地下から上がってきた。
ちょうど帰宅してきた西村とすれ違い、

翔太「あの…すいません」
西村「はい？」
翔太「住民会ってもう終わったんですか？」
西村「住民会は今日じゃないと思いますけど」
西村、鍵をチャラチャラと回しながら去っていく。
翔太「…」
翔太、何かが気になる。

×　×　×

[回想 #1 S40]
翔太が管理人室へと近づいていく。
翔太「…。（チャラチャラという音がかすかに聞こえるが特に気に留めない）」

×　×　×

翔太、あの時の音が西村の鍵の音だと気付き、去って行った西村の方を見る。

西村「…」
と、西村もなぜか向こうから翔太を見ていた。
西村、会釈をして、去っていく。

翔太「…」

23　同・駐車場

翔太が菜奈を探しに駐車場にやってきた。
あたりを見回している翔太。そしてそんな翔太を車の中から見ている妙な視点…。

翔太「いないか…」
翔太、見られていることは気付かず、戻っていく。と、車のシートが起きあがり、早苗と浮田、そして後部座席から菜奈、黒島が姿を現す。

24　同・駐車場・浮田の車・車内

以降、浮田の車の車内での会話。

浮田「…ごめんな、コソコソさせちゃって」
菜奈「いえ」
早苗「それで…？」
浮田「みんなの前で言うのはちょっと考えちゃってさ。俺が紙に誰の名前を書いたか、教えようと思って」
菜奈「え？」
浮田「実は…。赤池美里って書いたんだわ」
菜奈・早苗「…」
黒島「…（荷台のブルシートが気になる）」
浮田「俺が書いた紙を受け取った誰かが、本当に殺人を実行しやがった。それも旦那まで…」
菜奈「それを…、それをさっき言ってくれれば、みんな、警察に相談するのも賛成してくれたかもしれないのに」
浮田「今、警察に相談したら、俺が一番疑われる状況だろ？　それにあの夜のこと聞かれると、ちょっとマズいんだわ」
早苗「でも、浮田さんは殺してないわけですよね」
浮田「もちろん殺してねぇけどさ…。今の仕事的にも疑われるんだよ」

早苗　「えー…」
黒島　「…あの、そもそもどうして赤池さんを殺して欲しいって思ったんですか？」
浮田　「いや、本当に殺されるなんて思ってなかったからね？」
菜奈　「こないだ、赤池さんに、ずっと無視されてたって…」
浮田　「まあ、自分より頭の悪い人間を見下すヤツなんだよ、あの女は」
早苗　「そんな人には見えないですけど…」
浮田　「うちで面倒見てる若いのがいるだろ？　あいつに聞いたんだけどさ…」

×　×　×

［回想　集合ポスト前］

幸子が返送されてきた葉書を手に美里を叱っている。

幸子　「…返信葉書もまともに出せないの？」
美里　「…すいません、切手が貼ってあるものとばかり…」
幸子　「宛名の『行』も直してないし。こんなの先方様に届いたら、私が恥をかくところだった」

妹尾が現れるが、喧嘩を察して気まずいので、話が終わるのを待つ。

美里　「申し訳ございません」
幸子　「受けてきた教育が私や吾朗と違うのは承知していますが、何十年も一緒にいれ

美里　ばいつか追いつくものだと思ってました」
幸子「はい。すいません」
美里「子供ができなくてよかった。バカの血が途絶えるから」
「…」
幸子、車椅子を１人で動かし、去っていく。
妹尾、物陰から現れ、
妹尾「…あのババア、２人きりだとあんな感じなんすね」
美里「…」
妹尾「今度あんなこと言われたら殴っちゃえば？」
美里「…はい？」
妹尾「まぁ…暴力はあれだけど…」
美里「ごめんなさい…、もしかして私に話しかけてます？」
妹尾「そりゃそうだろ」
美里「誤解してるみたいですけど、私、風俗嬢にアドバイスもらわないといけないほど、困ってないんで」
妹尾「どういう意味だよ」
美里「その格好、言葉遣い、お里が知れるわぁ」

妹尾「このジャンボ女！」
妹尾、つかみかかる。
すぐに浮田が飛び込んできて、止めようとする。
妹尾「風俗嬢じゃねぇから！」
浮田「なにやってんだ！」
3人、いつまでも揉み合っている…。

×　×　×

浮田「…それから住民会でもずっと無視よ」
早苗「…そういう人には見えなかったですけど…」
浮田「自分がやられて嫌なことは他人にするなってよく言うけど、綺麗ごとだよ。やられたことをそのまま自分よりさらに弱い人間にやる奴はたくさんいるよ。世の中、弱い方、弱い方へ、嫌なことって流れていくんだよ」
一同「…」
浮田「いや、だからって死んでもいいとは思ってないよ？」
菜奈「でも、『赤池美里』の紙を引いた人は、本当に殺してしまった…」
浮田「犯人は捕まって欲しいけど、巻き添えだけは嫌なんだよ、俺」
早苗「まぁ…ゲームのことを言わなくても警察は当然、犯人を探すと思うし…。まぁ、

黒島　「…私達は私達のできる範囲で、犯人を…」
その上で…」

浮田　「頼む！　探ってくれ」
浮田、真剣な顔で頭を下げる。

一同　「…」

浮田　「…」

25　すみだ署・会議室（数日後）

水城、神谷、刑事達が捜査会議をしている。

刑事①　「マンションの住人で未だアリバイがないのがこの4人です」
浮田・妹尾・柿沼とシンイーの写真がボードに貼ってある。

刑事①　「ブータン料理店の店員と、こっちは暴力団関係者ですね」

水城　「ほぅ」

神谷　「浮田は詐欺で何度か逮捕歴がありました。ああ見えて、口が達者でベラベラ嘘つく男らしいです」

×　　　×　　　×

10分後。

神谷が証拠写真を確認している。そこへ水城がやってきて、

水城「…なんだよ、まだケーキが気になってんのかよ」
神谷「あぁ、はい」
水城「赤池美里本人が購入した記録を確認したろ？」
神谷「ただ、ケーキのプレートなんですけどね…」
水城「ん？」

菜奈と同じことに気付いたのかと思いきや、

神谷「ないんですよ。店員はのせ忘れるようなことはないって言ってたんですけど」

証拠写真のケーキにはなぜかプレートが写っていない。

水城「うーん…、食べちゃったんじゃない？」

26　キウンクエ蔵前・302号室・菜奈の書斎

菜奈がPCの前で仕事中。だが、集中できない様子。
手を止めて、メモを取り出す。
前回までの図に、

・浮田さん（書いた名前／赤池美里×　引いた名前／赤池幸子）と書き加えられている。

菜奈「…」

菜奈、じっとメモの【シンイーちゃんが美里さんを？】の文字を見つめている。

菜奈、なにかを思い立って、部屋を出ていく。

×　　×　　×

27　同・203号室・シンイーの部屋前

菜奈がドアの前に立っている。

やや迷いつつ、インターホンを押す。

と、部屋の奥でドタバタという音。

しばらくして静かになるが、誰も出てこない。

菜奈「…シンイーちゃん？　手塚です」

菜奈、ドアの覗き穴から嫌な視線を感じる。

ドアのすぐ向こうでカサッという音がしたが、結局誰も出て来ない。

と、外階段の方から物音が聞こえる。

菜奈「…？」

外階段の扉へそっと近づいていく菜奈。

28　同・外階段

外階段へと出ると、幸子の孫（吾朗の弟の息子夫婦）が、５０２号室から運び出したエレベーターに乗らない大荷物を運んでいた。

菜奈「…？」

29　同・駐車場

駐車場まで下りてきた菜奈。

孫達がトラックに荷物を積んでいる。

それを少し離れた所から見ている早苗。

菜奈「…引っ越し？」

早苗「赤池さんのご親戚みたい。おばあちゃん、介護付きの老人ホームに入るんだって」

菜奈「まぁ、あの部屋には戻りたくないよね」

早苗　「うん」

と、孫達に混じって江藤が手伝っているのが見える。

菜奈　「…？」

早苗　「あ…江藤さんだ。…赤池さん家と付き合いあったんだ」

菜奈　「…」

×　×　×

［回想＃4 S28］

江藤　「おばあちゃん、今、着てみる？　きっといい感じだから」

幸子　「えー？（と言いつつまんざらでもない）」

江藤、ジャージを羽織るのを手伝う。

江藤　「めっちゃいい！」

幸子　「ホント？」

江藤　「めっちゃ似合ってる！」

×　×　×

菜奈　「…」

早苗　「菜奈さん、次の休み、予定ある？」

菜奈　「え？」

早苗　「気分転換に食事でも行かない？　旦那さんも一緒でいいし」
菜奈　「うん」

30　同・103号室・淳一郎の部屋・寝室

淳一郎が寝ている。なにか考えごとをしているようだ。
脇に、君子から以前渡された冊子。

淳一郎　「…」
君子、現れ、
君子　「また寝てる。ちょっと元気になったと思ったのに…」
淳一郎　「寝てないよ、鍛えてるんだ」
淳一郎の足は微妙に浮いており、腹筋を鍛えている。
君子　「今度はなに？」
淳一郎、飛び起き、
淳一郎　「ウダウダ考えるのはやめだ。私はこれからやりたいことをやる。お前もそうしなさい」
君子　「…なにがあったの？」

淳一郎「なにがあったかではなく、この先、なにがあるのか。いや、自分自身の行動でなにを起こすのか。それが大事だよな？　なっ⁉」
君子「そんな勢いで同意を求められても、よくわかりません」
淳一郎「俺はやるぞ！」

31　藤井の病院・外観（深夜）

32　同・診察室

藤井が1人で残業している。

藤井「…」

藤井、診断書を作成する手を止め、ツイッター風のSNSを立ち上げる。

山際を中傷していたアカウント「善良なお医者さん」を削除しようとするが、突然、マウスが利かなくなる。

藤井「?……えっ？　なに…」

ポインターが勝手に動き出し、入力窓に文字が打ち込まれていく。

藤井「⁉」

【人殺し人殺し人殺し人殺し人殺し人殺し人殺し人殺し人殺し人殺し人殺し人殺し人殺し人殺し人殺し…】

消そうとしても、マウスもキーボードも利かない。

と、突然、画面がブータン料理店店長の顔写真に変わる。

藤井「あぁー…！　なんなんだよ!!」

恐怖で這うようにして診察室から逃げていく藤井。

33　飲食店（数日後／日曜日）

マンション近くの飲食店、外観。

34　同・店内

菜奈と早苗が席に座って、翔太を待っている。

早苗「…」

菜奈が携帯を確認して、

菜奈「…ごめんなさい、急に寄るところあるって言い出して」

早苗「ううん、大丈夫大丈夫」
と言ってるそばから誰かが来店した。
店員「いらっしゃいませ」
早苗「ほら来たよ」
菜奈、早苗、入口の方を振り向く。翔太が店に入ってきたところだ。
手をあげて、席の場所を伝えようとする菜奈。
と、翔太に続いて、木下、西村、江藤が入ってくる。
菜奈・早苗「…？」
一同、席までやってきた。
翔太「…遅くなりました」
菜奈「えっと…」
店員が近づいてきて、
店員「あの、こちらの席ですと皆様お座りになれませんが」
木下「私達は食べませんから」
店員「はぁ…」
翔太「すいません」
店員、訝《いぶか》しがりながら去っていく。

早苗「…なにか？」

翔太「あの…今から会長さんに会うって言ったら、その何か…」

木下「住民会への参加を拒否されてる理由をお聞きしようと思って」

西村「参加していなかった方が悪いんですけど、参加しないのと、参加させてもらえないのは、また別なんで…」

早苗「ここじゃなきゃダメですか？」

木下「地下の密室でまた暴力を振るわれるのは嫌なので」

早苗「暴力って…」

江藤「（木下に）要点だけ済ませて、出ましょうよ」

木下「…住民会で、なにか物騒なゲームをしたそうですね？」

菜奈・早苗「え？」

江藤・西村「え？」

翔太「その話しないって約束じゃないですか！」

木下「ごめんなさい！　私、約束を破る女です」

翔太「えー？」

菜奈「…知ってたの？」

翔太「う…うんまぁ…」

木下「(菜奈と早苗に) どういうことか説明してもらえますか?」
菜奈・早苗「…」
沈黙の中、木下がマウントをとっている。

35　とある路上~マンション敷地入口

木下、西村、江藤が帰宅途中。
江藤「結局、うちらが嫌われただけじゃないですか」
木下「今日は私達がゲームについて知っているってことを伝えるだけで充分」
江藤「まず俺達、何にも知らされてないんですけど。(西村に) ねぇ?」
西村「え? えぇ… (※床島の日記で知っていた)」
木下、急に立ち止まり、西村を見る。
西村「…なんですか?」
木下「…いいえ」
と、マンション敷地入口から、久住が現れる。
相変わらずのサングラスとマスク姿。
久住「(マスクとサングラスをずらして) どうも」

一同「（会釈）」
江藤「花粉症…？」

36　飲食店・店内

菜奈、翔太、早苗がぎこちない空気で食事中。
早苗「…これ、すっごく美味しいよね」
翔太「はい、めちゃめちゃおいしいです！」
菜奈「…」

37　キウンクエ蔵前・302号室（夜）

菜奈と翔太が部屋に戻ってきた。
翔太「…いつまで黙ってるの？」
菜奈「…なにをどう話していいのか、わかんなくなっちゃった」
翔太「そっか…そうだよね。大丈夫、話せる時に話して」
菜奈「ごめん」

翔太　「そうだ！　実はそんな菜奈ちゃんにプレゼントがありまーす」

翔太、日記帳を取り出し、

翔太　「ジャーン！　交換日記ー。いや、ほら口でさ、こう言いたいけど、でも言いづらいこととかもさ、これからはこれに書いて…」

菜奈　「…ごめん、気をつかわせて。隠してた私がいけないのに」

翔太　「いいのいいの。全然いいの」

菜奈　「それと、もうひとつごめん」

翔太　「なに？」

菜奈　「この年で交換日記はちょっと…」

翔太　「あ…そっか…。じゃあ、自分用だ。続けられるかなぁ」

菜奈　「いつから知ってたの？」

翔太　「あ…、少し前に、尾野ちゃんから聞いててさ…」

菜奈　「…」

×　×　×

［回想 ＃5 S2］

菜奈、尾野が翔太の袖をつまみながら話してるのが少し気になる。

×　×　×

菜奈「…」

翔太「で、他の人はどれくらい知ってるんだろうって思って、木下さんに聞いたら、なんか大袈裟なことになっちゃって…」

菜奈「…心配かけたくなかったから、翔太君に伝えれば、一生懸命推理して、深入りすると思ったたし。そもそも本当に人が死ぬなんて思ってなかったし。とにかく最初は話すようなことじゃないと思ってて、気が付いたら、今さらどんなふうに話したらいいんだろっていうくらい話が大っきくなってて…」

翔太「そんなにいっぱい喋んないでよ」

菜奈「え？」

翔太「一言、〝信じて〟って言ってくれれば、信じるよ。…言ってくれなくても信じてたわけだし」

菜奈「…ごめん」

翔太「その代わり、俺、嘘でも信じるからね？　全部信じるからね。菜奈ちゃんが言うことは、全部、俺にとっては真実になるんだからね。それくらいの覚悟は持っててよ」

菜奈「…（手を組んで）なにも隠してない。信じて」

翔太「…わかった。信じる」

菜奈「…」

翔太「よーし、じゃあするかぁ！」

菜奈「え？　なに？」

翔太「ほら、夫婦の間にさ、しばらく隠しごとができちゃってたわけでさ。こういう時はお互いなーんの隠しごともない、むきだしの顔を、さらけだし合うのが仲直りの近道なんじゃない？」

菜奈「むきだしの顔って？」

翔太「すっげぇ気持ちいいセックスしよう」

菜奈「いや、翔太君さ…」

と言った瞬間、翔太、菜奈にキスをして口を塞ぐ。

38　同・302号室・寝室（深夜）

2時間後。菜奈と翔太が寝ている。

と、菜奈、起きあがる。

39　同・302号室・リビング～キッチン

菜奈、ウォーターサーバーからグラスに水を注ぎ、飲む。
と、携帯に着信があることに気付く。

菜奈「…」

40　同・302号室・寝室

翔太が寝たふりをして、菜奈の気配を感じている。
ドアが開き、菜奈が外へ出て行く音がする。

翔太「…」

翔太、起き上がり、後を追って外へ。

41　同・外階段

階段を降りる翔太。と、敷地から出て行く菜奈の後ろ姿を見つける。

42　同・前の路上

翔太の視線の先に、見慣れぬ車。その脇に菜奈。
そして車から、朝男が降りてきた。

翔太　「…⁉」

43　同・302号室・リビング

翌朝。菜奈が起きると、翔太はすでにいない。
テーブルの上にメモ。【早朝ジョグして、そのまま出勤します‼　翔太】

菜奈　「…」

44　同・共同ゴミ捨て場

菜奈がゴミ捨て場へやってきた。
菜奈が中に入ると、木下が現れ、出入口を塞ぐように立つ。

菜奈「あっ…、昨日はどうも」
木下「あなた、自分の身は心配じゃないの？」
菜奈「なんですか？　いきなり」
木下「これ言っちゃうと、ゴミ袋開けてるんですか？　って言われそうで嫌なんだけど。まぁそれどころじゃないと思うから」
木下、【302号室の人】と書かれた紙を見せて、
木下「あなた、殺されちゃうんじゃない？」
菜奈「…」

45　同・1階エレベーターホール

菜奈が不安な表情でエレベーターを待っている。
それを物陰から見ている久住。
と、黒島がエレベーターから降りてくる。
久住、どこかへ去っていく。
黒島「（精気のない菜奈の顔を見て）あの…。大丈夫ですか？」
菜奈「うん、大丈夫」

46　同・3階エレベーターホール～廊下～302号室前

菜奈がエレベーターから降りてきて、ドアの前で鍵を出そうとする。
と、外階段の扉が開く音がする。

菜奈「…？」

ゆっくりと扉が開き、出勤鞄を持った久住が現れた。

久住「すいません…あの…ちょっと聞きたいことあって」
菜奈「なんですか？」
久住「俳優の袴田吉彦って知ってます？」
菜奈「袴田吉彦？　あの袴田？」
久住「この袴田です」

久住、写真週刊誌を見せる。袴田吉彦の写真に、
【過去を乗り越え、新恋人】の見出し。

菜奈「もちろん知ってます。♪キツく腕にしがみついて♪どうしてオレのことがいいんだろう…、の袴田吉彦」
久住「それ、20年前の曲ですよ。よく知ってますね」

菜奈「カラオケでよく歌うんです」
久住「変わった人ですね」
菜奈「それがなにか？」
久住「あぁ…。僕、よく似てるって言われるんですよ」
菜奈「あぁ、確かに久住さん、似てますね」
久住「それで紙に書いたんです。殺したい人、袴田吉彦って」
菜奈「え…」

47　とあるロケ現場

時代劇の衣裳を着た袴田吉彦がロケ現場で空き時間に携帯をいじっている。
脇にマネージャー。
久住（声）「とにかく昔から似てるって言われるんですけど」

48　キウンクエ蔵前・302号室前

久住「悪口として言われるんですよ。〝深酒してシメでラーメン食べた次の日の朝の袴田吉彦〟とか。最近だと〝ポイントカード〟って呼ばれたり…」

菜奈「あぁ…」

久住「あと道でサイン求められて、違いますって言うと舌打ちされたり。だから外出するとき、いつも（マスクとサングラスを出して）これなんですけど」

菜奈「あぁ…」

49　とあるロケ現場

スタッフが袴田吉彦に刀を渡している。

久住（声）「とにかくその程度の理由なんですけど、〝袴田、死ねばいい〟と思って、まぁ書いたんですよ」

袴田「（マネージャーに）あぁ、トイレってどこ？」

マネージャー「あ、10分くらい山下りた所の民家で借りれることになってるらしいです。車、出しますよ」

袴田「あー、いい。てきとうにやっちゃう」

マネージャー「大丈夫ですか？」

袴田「あぁ」

マネージャー「裾だけ、汚さないように」
袴田「はいよ！　よいっしょ」
　袴田、茂みの中へ入っていく。

50　キウンクエ蔵前・302号室前／とあるロケ現場（適宜カットバック）

菜奈「…それを伝えに？」
久住「気持ち悪いんで。いちいちご近所同士で疑心暗鬼になるの」

×　×　×

　袴田、立ちションをしている。と、茂みの向こうからガサガサと近づく音。

×　×　×

久住「正直に言うこと言って、このゲームから抜けさせてもらおうと思って」
菜奈「あぁ…」
久住「まさか、ここの住人で、袴田吉彦殺しに行く人なんていないでしょ？」

×　×　×

　茂みから、覆面をして黒ずくめの金属バットを持った3人組（イクバル達）が現れる。

袴田「え?」

覆面の男達、無言で襲いかかる。

袴田「うわっ、ちょ…ちょっと!」

袴田、咄嗟《とっさ》に刀を抜いて応戦するが、模擬刀はあっさり折れ、バットで殴られまくる。

凄惨すぎて笑えるくらい殴られ…、袴田、絶命。

× × ×

久住「今のが書いた名前の話で、これが引いた名前。知らない人ですけど」

久住、紙を見せる。名前は映らない。

菜奈「…」

51 スポーツジム

一方、翔太がジムに出勤している。

フロントに向かって歩く翔太。

視線の先には、受付をしている朝男。

翔太の手には、重そうなダンベル。

52　キウンクエ蔵前・302号室前

久住が見せた紙には【細川朝男】と書かれている。

菜奈「…」

53　スポーツジム

受付で朝男が出した会員証には、【細川朝男】と書かれている。

受付担当「ちゃんと続けられてるじゃないですか、細川さん」

朝男「ええ、トレーナーさんとの相性が良かったんでしょうねぇ」

翔太、朝男をダンベルで殴り殺しそうな表情で近づいていく…。

【下巻＃6と続く】

脚本・福原充則インタヴュー

「あなたの番です」ができるまで

――最初に『あなたの番です』のお話が来たのは？

相当前です。2018年の5月には打ち合わせをしていたから、春先くらいですかね。

――その時点ではどこまで決まっていましたか？

だいたいのことは決まっていた気がします。2クールであること、ミステリーであること。マンションの中でいろんなことが起きること。キャラクター設定もある程度はありました。もちろんちょこちょこ変更になっていきましたけど。だから、「作家は何人体制で書くのかな？」というのがまず一番最初に気になったことでした。「どういうチームでやるんだろう、どうせなら知っている人の方がやりやすいな」とか思っていました。

――結果的に最初から最後まで福原さん一人で。

途中で何回か聞きましたけどね。「本当に一人なんですか？」って。

――覚悟したのはいつ頃ですか？

最後まで覚悟が決まらなかった気もします。ラスト3話になっても、ここから別の作家さんでもいいんじゃないかとも思ったくらいです（笑）。

——誰が犯人かも、最初から？

決まっていました。キャラクター自体は変わりましたけど。

——脚本の打ち合わせはどのように？

プロデューサーである鈴間さんに連れられて、秋元康さんに会いに行くというのを繰り返しました。そこで脚本の内容について話し合いを重ねていきました。僕が伺えない回もあったので、そこは鈴間さんと秋元さんの話し合いをもとに意見をいただきつつ書き進めましたね。

秋元さんにはいろんなアイディアをいただきました。僕の方が「この辺にしておいたほうがいいだろう」と思っていたところを、飛び越えるようなことがポンポン出てきました。「そうか、そこまでやっていいいんだ」というのを何回か思った記憶があります。いい意味で無茶苦茶なアイディアなんですよ。毎回面白い意見をもらって、そこから最終稿に持っていくという形でした。

——登場人物も多く、かなり複雑な展開だったと思いますが、

エクセルシートで情報を管理していました。これは以前書いた『ＳＩＣＫＳ～みんなが、みんな、何かの病気～』（テレビ東京）という作品の現場で学んだ方法で。何話で誰が死んで、この人の知っている情報は何で、知らない情報は何、みたいなものをまとめて。とくに誰がどの情報を知っているかがわからなくなってしまうので。でも20話あると、忘れ

ていかないと頭の容量がいっぱいになってしまって書けない。だから書き終えた回については忘れて、後半はとくにＨｕｌｕ《フールー》でそれまでの回を見直しながら書いていました。

――シーンはほぼそのまま、とのことでしたが、想定と違うものになった展開などはありましたか？

決まっていたこと以外に足したこともたくさんありますね。決まっていたことの中で違う展開になったのは、翔太と菜奈の関係性ですかね。前半シーズンの中盤くらいまでは、僕が繰り返し、どうしても互いを疑い合うドロドロしたものを書いてしまって。「この夫婦はもっと明るくて愛がある」と指摘されて「そうでしたそうでした」と直すことの繰り返しだった気がします。この後、野間口徹さん演じる朝男がどういう役なのかがわかるところでダメ押しで「今度こそドロドロしよう、嫉妬で怒る部分を入れよう」と思ったけれど、結局最後まで愛し合う2人になりました。

――登場人物の誰もが怪しいという状況が続く作品でしたが、それぞれのキャラクターにどう怪しさを出すかは、どのように考えて書いていましたか？

うーん……、20話あるうちの1話に関してはもう、ゴールも正解も何もわからないので、何も迷わず書いていた気がします。5話で、菜奈と早苗が食事している場に翔太が西村や江藤、木下をつれて来るシーンあたりは、ちょっと迷いながら書いていた気がします。展開は決まっていたけれど、どこまで振っておくべきなんだろう、と。もちろんどのセリフもその瞬間はしっかりと正解を決めて書いているんですが、変わる可能性のある正解というつもりもありました。

――改めて脚本を読んでみると、セリフだけでなく、動きや感情を説明するト書きが詳しく書き込まれている印象があります。「あなたの番です」という作品だったからでしょうか？

1話は余裕があったから、かなり書き込んであるかもしれませんね（笑）。サスペンスに限らず、経験上、ト書きはなるべく書いておいたほうがいいと思っています。「こういう意図で書いています」ということが現場のスタッフやキャストにきちんと伝わるほうがいいので。ドラマはタイトなスケジュールで撮影しますから、現場の方々がイメージするものがバラバラにならないように書いておきますね。ただ、ト書きを書くとページ数が長くなってしまうので、結局そういうところから削っていってしまいます。それでも残っている部分はやっぱり「こう見えて欲しい」というところが強いものなので、映像と脚本を見比べてもらえたら楽しめるんじゃないでしょうか。

脚本・福原充則による各話レヴュー

第1話

　放送がスタートする前の時点で、10話までの構成はほぼ決まっていました。ただ、本筋上必要な殺人以外にも、アイディアと必然性を満たせばもっと人を殺したいな、とはひそかに考えていました。結果的に、予定通りの殺人しかできませんでしたけれど。

「オランウータンタイム」に関しては、最初に仮で違う名前がついていたのを変えた記憶があります。第三者からはわからない共通言語を持つことって、仲良く見せるために効果的なんですよね。ベタといえばベタですけど、世界最初のミステリーである『モルグ街の殺人』からオランウータンにしました。

　最初の住民会のシーンで「管理人はエンピツ。黒島はフリクション……」と筆記具の書き分けをしていますけど、これは結局、伏線には使いませんでしたねえ。流れは事前に決まっていても、そういう細かい部分を描写しておくと後で使えるんじゃないかと思って書いておいたものです。そういうふうに、本筋には影響しないけれど、とりあえず種を蒔いておくというシーンはけっこうあるかもしれません。あ、性格を表すための描写でもあるので、「伏線回収してない！」って意見は受け付けません（笑）。

1話のできあがりを観た時、想像以上に気持ち悪くて笑ったんですよ。まだ何も起きていないうちから峯村リエさん（赤池美里）や片岡礼子さん（児嶋佳世）がすごく怖くて、みんなで不気味合戦みたいになっていた。横溝正史モノのドラマみたいだなって、すごく楽しく観たんですよね。「あ、これでいいんだ、こんなドラマを20話もできるんだ」と思ったのを覚えています。

第2話

最初にプロットを書いたときには、実はもっと翔太と菜奈の夫婦がお互いに疑い合うような、ドロドロしたものだったんです。でも鈴間広枝さん（プロデューサー）に「最初に書いてくれた2人が美しかったから、このまま愛し合う関係でいましょう」と言われて、どこまでも愛し合う夫婦になりました。書く方としては、2人の愛情についても半分ギャグというか、「逆に怖いんじゃないか」くらいの気持ちで書いていましたね。人が死ぬ部分も、愛情も、「そんなふうに殺されないでしょ」とか「そんなふうに愛さないよ」とツッコミを入れながら見てもらえたらと思っていたんですが、反響を見る限りかなり直球で伝わっているみたいだな、とは思っていました。シンイーとか藤井も、ずっとふざけていたんですけどね（笑）。

菜奈がコーヒーメーカーを買ったことを翔太が指摘するシーンで「菜奈ちゃんが100歳まで生きるとしたら」と急につらつらと数字を出しているのは、鈴間さんに「翔太は数字に強いはずだ」と言われたからです。ジムのトレーナーだからカウントが得意で、算数だけは得意っていう。それは面白いなと思って、ここに反映しました。

藤井が山際を殺したい動機の部分は、かなり二転三転した記憶があります。一度、片桐仁さん（藤井）の本当のエピソードを入れたんですよ。大学時代、好きな子にCDを貸したら、その子が別の男と付き合い始めて、「だったら返して」と家まで押しかけた、というダサいエピソード。でも脚本打ち合わせの場で「こんなことで殺意を抱くやついないよ」と言われてしまって。「片桐さんの実際の話なんだけどなあ」って（笑）。

ラストの生首は「ケーキの箱を開けたら…」とか「廊下の向こうからコロコロ転がってくる」とか、いろんなパターンを検討して、最後の最後に〝乾燥機〟になりました。ここまでやっていいんだ、とは思いましたね。

幸子が美里をいじめるときに暗唱する詩は僕が大好きな中原中也の詩を引用しました。そういうところに好きなものを入れられるのはちょっと楽しいですよね。

第3話

3話の時点ではまだどこかで夫婦が疑い合うという可能性をこっそりと持っていたので、翔太と菜奈の〝嘘をつく時の癖のシーン〟を書いたんだと思います。そもそも住民会で交換殺人ゲームがあったことを菜奈は翔太に言わない。そこにひとつ、暗さというか秘密感が出るじゃないですか。それに対する翔太が、ただ騙されている、バカな夫には見えてほしくないというのがあったんです。動物的な勘でちゃんと気付くし、それを言わない優しさや気遣いの部分も持ち合わせている。そうすることでそれ以外のはっちゃけている部分も人間らしく見えるかな、というのはありました。

生瀬勝久さん（淳一郎）がかつて所属していた、実在する「劇団そとばこまち」。これ書いたの、僕じゃないんですよ。鈴間さんが準備稿の段階で生瀬さんにご相談して、演劇的な内輪っぽいセリフについて「もうちょっと踏み込もう」という話になったようで、生瀬さんが「たとえば」と劇団名をバーッと言ってくださった。僕はそれを受け取っただけです。「そとばこまち」ってセリフ、僕からは「怒られるかな」って思って書けないですよ（笑）。生瀬さんから言っていただけたことで、どこまでやっていいのかというのが明確になりました。

劇団というものをダサく描くことについては、躊躇《ちゅうちょ》がありました。演劇を知らない作家が書いた演劇シーンみたいなものを、ずっと演劇をやってきた僕が描くのは心苦しくて。でもそこを、生瀬さんが全力でやってくださったのがありがたかったです。

美里の「メンチカツ」は役者さんのことを信頼できないと書けない、誰に対してでも書くセリフではないと思います。繰り返すときには完全に〝音〟で考えるんですよ。だから「メンチカツ」の音がいいなと思って選びました。このシーンは美里さん役の峯村さんご本人とたまたま撮影前にお会いして「どうしようかなあと思ってる」と言われた記憶があります。ずいぶん悩まれていたみたいでしたが、仕上がりはさすがでしたね。

第4話

藤井、大活躍してますよねえ。とくに前半すごく出番が多かったので、いかにも死にそうだと思われていたみたいで、片桐さんには「俺まだ死にたくないんだけど、最後までなんとかなんない？」って言われました。実際、殺すタイミングを逃しましたね。

木下は楽しく書いていた気がします。シンイーとの「ご愁傷様です」のくだりは僕がお葬式に出るときに、実際に人に言われたことです。「最後はっきり言わなくていいんだよ、そうすると悲しんでるように見えるから」って。

美里と幸子の関係は、何パターンも書きました。嫁姑問題をどのラインでやるか、どっちが嫌なやつで、それをどこまで見せるのか。美里のほうが、ガンガンに幸子をいじめるシーンをはっきりやるパターンもありました。まあ、どっちがどれだけやっても2人とも抜群にうまい方なので。本当に嫌な感じで、すごいなと思いながら観ました。

赤池夫妻が死んだところでかかった「ジュリアに傷心」も、いくつも変わった末に決まったものですね。もともとは、個人的な好みでゆうゆの「25セントの満月」という曲をかけたいと思っていたんです。1話の殺人ゲームのところで「あぁもみの木」をかけたんですけど、本当はここで「25セントの満月」と書いていて。でも打ち合わせで「ちょっとどうなの」、という話になったんですよ。秋元康さん作詞の曲だから、照れくさかったのかもしれないですね。ここでもちょっと違うねとなって、17話で生瀬さんが劇中劇で歌うシーンでしつこく入れてみたら、やっと通ったという。

このドラマが意外とふざけているんだというのは、5話で袴田吉彦さん（本人役）が登場してくるまで伝わっていなかった気がします。どうも、「すごく真面目に観ていただいているな、うまくバランスが伝わっていないな」とは思ったんですが、放送が始まった時点で、もうこのあたりまでは脚本ができあがっていたので、そのまま突き進んでいきました。久住の話が展開しだしてから、ようやく「変なドラマだ」と気付いてもらえた感触がありました。

マンションの関係者以外のところで殺人が起きて欲しいというのがまずあって、打ち合わせで「有名人に似ているのが嫌だという理由で名前を書いて、その有名人が殺されたらびっくりするよね」ということで袴田さんの名前が挙がりました。袴田さん、このくだりを全部真顔でやってくださって、すばらしかったですね。袴田吉彦として出てきた時の時代劇での姿は、単純にかっこいいなと思いながら観ていました。

木下との会話で翔太が「面白い映画ってタイトル忘れちゃう」と言いますけど、これは木下といつの間にか顔見知りになっているという部分を伝えたくて、でもあまり順を追って描く時間がないところから生まれたセリフです。なんでもない会話だけど印象に残したいという。だからこれ自体にはあまり意味はなくて、翔太の動物的な感じ、瞬間瞬間を生きている雰囲気が伝わればいいなと。

他にも翔太が筋肉体操をしながらセリフを言ったりするのも同じことで。真っすぐな人は気持ちいいし笑える、というつもりで書いていたんですよ。菜奈に対して「嘘だとしても信じるからね」というのも真っすぐさですよね。まあ僕自身、さんざん女の人に嘘をつかれてきたこともあって……。どういう嘘をつくかも含めてその人じゃないですか。だからそれも含めて受け入れましょう、という。

登場人物の骨格が決まっているにしても、セリフとして立ち上げて肉付けをしていく時には、少しずつ自分の中の要素を入れていくんです。女性的なキャラクターでも、自分の中にほんのちょっとある女性的な面を150倍くらいにして入れる。尾野ちゃんのセリフを書く時にだって、自分は投影されるんですよ。だから、翔太に関してはけっこう真っすぐに自分の恋愛観を入れています。この頃には翔太と菜奈は疑うことなく最後まで愛を貫くという方針に準じようと思っていたので、覚悟を決めて恋愛要素を強くした。そしたら視聴者の方から「翔太はサイコパス」という声があがって、「翔太が菜奈を殺した犯人じゃないか」なんて言われたりもしたので、人知れず僕は傷ついていました(笑)。

あなたの番です

キャスト

原田知世　田中 圭

西野七瀬　浅香航大　奈緒　山田真歩
三倉佳奈　大友花恋　金澤美穂　坪倉由幸（我が家）
中尾暢樹　小池亮介　井阪郁巳　荒木飛羽　前原 滉

袴田吉彦　片桐 仁　真飛 聖　和田聰宏
野間口 徹　林 泰文　片岡礼子　皆川猿時

徳井 優　田中要次　長野里美
阪田マサノブ　大方斐紗子　峯村リエ

竹中直人　安藤政信

木村多江　生瀬勝久

＊

スタッフ

企画・原案：秋元 康
脚本：福原充則
音楽：林ゆうき　橘 麻美
チーフプロデューサー：池田健司
プロデューサー：鈴間広枝　松山雅則（トータルメディアコミュニケーション）
演出：佐久間紀佳　小室直子　中茎 強（AXON）　内田秀実
制作協力：トータルメディアコミュニケーション
製作著作：日本テレビ

「あなたの番です」は日本テレビ系で2019年4月14日から9月8日まで毎週日曜の
22時30分～23時25分に放送されていました。現在は、huluにて独占配信中です。

秋元 康

あきもと・やすし

1958年、東京生まれ。作詞家。東京藝術大学客員教授。高校時代から放送作家として頭角を現し、『ザ・ベストテン』など数々の番組構成を手がける。1983年以降、作詞家として、美空ひばり『川の流れのように』をはじめ、AKB48『恋するフォーチュンクッキー』、乃木坂46『シンクロニシティ』や欅坂46『黒い羊』など数多くのヒット曲を生む。2008年日本作詩大賞、2012年日本レコード大賞"作詩賞"、2013年アニー賞：長編アニメ部門"音楽賞"を受賞。2019年、《AI美空ひばり》のために作詞した『あれから』は多くの人々の感動を呼ぶ。

テレビドラマ・映画・CMやゲームの企画など、幅広いジャンルでも活躍。企画・原作の映画『着信アリ』はハリウッドリメイクされ、2008年1月『One Missed Call』としてアメリカで公開。2012年には『象の背中』（原作）が韓国JTBCでテレビドラマ化されている。2017年10月、『狂おしき真夏の一日』でオペラ初演出。2019年、企画・原案の日曜ドラマ『あなたの番です』（NTV系列）はSNSで高い注目を集め、最終回には同枠最高視聴率を記録。2020年1月、自身初となる作・演出の歌舞伎公演（市川海老蔵出演）が開幕。

福原充則

ふくはら・みつのり

1975年、神奈川県生まれ。脚本・演出家。2002年にピチチ5（クインテット）を旗揚げ。その後、ニッポンの河川、ベッド&メイキングスなど複数のユニットを立ち上げ、幅広い活動を展開。深い人間洞察を笑いのオブラートに包んで表現するのが特徴。2018年、『あたらしいエクスプロージョン』で第62回岸田國士戯曲賞を受賞。舞台代表作に、『その夜明け、嘘。（宮崎あおい主演）』、『サボテンとバントライン（要 潤主演）』、『俺節（安田章大主演）』、『忘れてもらえないの歌（安田章大主演）』、『七転抜刀！ 戸塚宿』（明石家さんま主演）などがある。また、『墓場、女子高生』は、高校演劇での上演希望も数多く、全国各地で上演が繰り返されている。近年の活躍はテレビから映画まで多岐に渡り、テレビドラマの脚本では、『占い師 天尽（CBC）』、『おふこうさん』（NHK）、『視覚探偵 日暮旅人』（NTV）、『極道めし』（BSジャパン）、24時間テレビ ドラマスペシャル『ヒーローを作った男 石ノ森章太郎物語』（NTV）他多数、映画では『琉神マブヤー THE MOVIE 七つのマブイ』、『血まみれスケバンチェーンソー』などがある。2015年『愛を語れば変態ですか』では映画監督としてもデビューした。（http://www.knocks-inc.com/）

あなたの番です
シナリオブック 上

2019年12月21日　第1刷発行

著者
秋元 康　福原充則

発行者
土井尚道

発行所
株式会社飛鳥新社
〒101-0003 東京都千代田区一ツ橋2-4-3光文恒産ビル
電話03-3263-7770（営業）／03-3263-7773（編集）
http://www.asukashinsha.co.jp

印刷・製本
中央精版印刷株式会社

ブックデザイン
鈴木成一デザイン室

DTP
アド・クレール

編集協力
恒吉竹成（ノックス）

ライター
釣木文恵

編集担当
内田 威

出版プロデューサー
将口真明　飯田和弘（日本テレビ）

 ISBN978-4-86410-732-7
JASRAC 出1913585-901